Mutua confianza

This Large Print Book carries the
Seal of Approval of N.A.V.H.

Mutua confianza

Jessica Matthews

Thorndike Press • Waterville, Maine

Published in 2004 by arrangement with Harlequin Books S.A.
Publicado en 2004 en cooperación con Harlequin Books S.A.

Thorndike Press® Large Print Spanish.
Thorndike Press® La Impresión grande española.

The tree indicium is a trademark of Thorndike Press.
El símbolo del árbol es una marca registrada de Thorndike Press.

The text of this Large Print edition is unabridged.
El texto de ésta edición de La Impresión Grande está inabreviado.

Other aspects of the book may vary from the original edition.
Otros aspectros de éste libro podrían variar de la edición original.

Set in 16 pt. Plantin.
Impreso en 16 pt. Plantin.

Printed in the United States on permanent paper.
Impreso en los Estados Unidos en papel permanente.

Library of Congress Cataloging-in-Publication Data

Matthews, Jessica.
   [Nurse's patience. Spanish]
   Mutua confianza / Jessica Matthews.
      p. cm.
   ISBN 0-7862-6353-9 (lg. print : hc : alk. paper)
   1. Large type books.   I. Title.
 PS3563.A851318N8818 2004
  813'.6—dc22   2003071125

Mutua confianza

CAPÍTULO 1

SE SENTÍA completamente fuera de lugar. Amy Wyman se secó las manos sudorosas en los anchos pantalones de lunares. Cuando entrase en el salón de actos llamaría tanto la atención como un pavo real en medio de una bandada de jilgueros.

Pero ella tenía derecho a estar allí. Es más, debería haber llegado una hora antes para celebrar un evento tan propicio en los diez años de historia de la clínica. Con la contratación de dos médicos nuevos, Ryan Gregory y Joshua Jackson, además de los ginecólogos en nómina, la clínica especializada en obstetricia se convertía en una de medicina general.

Los doctores Gregory y Jackson, junto con el pediatra que llegaría unos meses después, convertían la clínica en un moderno centro de salud.

Los planes de expansión del doctor Hyde también incluían un cardiólogo, un oncólogo y un dermatólogo. Aquel lugar perdido en medio de Kansas necesitaba urgentemente un servicio médico de esas características, pero la cuestión era: ¿conseguirían los profesionales cualificados que necesitaban? El campo de golf de Maple Corners era poco más que un prado y los eventos culturales consistían en una banda local de jazz y la clase de arte dramático del instituto.

En fin, pensó Amy, solo el tiempo lo diría…

Y hablando del tiempo, los minutos pasaban y ella seguía en la puerta del salón de actos buscando valor para hacer una entrada que, estaba segura, despertaría muchas risitas.

Aunque era una recepción oficial, el doctor Jackson, a cuyas órdenes trabajaba, se había incorporado casi un mes antes. Y si no acudía a la fiesta de bienvenida, se sentiría molesto.

Por otro lado, el serio doctor Hyde había amenazado con graves consecuencias para quien se ausentara sin una excusa justificada, como por ejemplo un certificado de defunción. Y, como Amy era nueva allí, no pensaba poner a prueba su palabra. Llegaba tarde, pero al menos había aparecido.

Si los niños del hospital no hubieran estado tan tristones… Si Cindy Chism no estuviera hecha un mar de lágrimas porque su madre no había ido a verla… Si hubiera tenido media hora para arreglarse y no aparecer con esa pinta…

Un hada madrina le habría ido estupendamente, desde luego.

Jamás era capaz de llevar a rajatabla su organizado horario y estaba acostumbrada a correr de un lado a otro. Además, tranquilizar a Cindy era más importante que aparecer en una recepción para dar la bienvenida a nadie. Hacer sonreír a un niño enfermo era mucho más importante que cualquier otra cosa.

Respirando profundamente, Amy se ajustó la peluca y entró en el salón de actos. Aliviada, vio que su amiga y colega Pamela Scott estaba en la última fila y se sentó a su lado, intentando que nadie se fijara en ella. Aunque tenía tantas posibilidades de pasar desapercibida como de que le tocase la lotería.

—Llegas tarde —dijo Pam en voz baja.

—No me digas.

—Qué mona estás.

Amy sonrió.

—Gracias. ¿Me he perdido algo?

—La ignorancia es una bendición —sonrió su amiga.

Intrigada por el comentario, pero sabiendo que no podía pedirle explicaciones en aquel momento, Amy observó el estrado. Reconocía a cuatro médicos del hospital, incluidos el doctor Hyde y el doctor Jackson, de modo que el último debía de ser el doctor Gregory.

De repente, se dio cuenta de que él también la estaba mirando. Considerando su apariencia era lógico, claro. Pero el doctor Gregory no sonrió; se limitó a levantar una ceja. Su expresión no había cambiado y no mostraba emoción alguna.

Y en su mirada, tan penetrante como una aguja hipodérmica, detectó una nota de desaprobación.

«Pues peor para él», pensó, levantando la barbilla. Ella estaba haciendo su trabajo y si no le gustaba su aspecto, era su problema. No tenía que darle ninguna explicación.

En ese momento el doctor Hyde, uno de los directores de la clínica, terminó con sus comentarios e invitó al doctor Gregory a decir unas palabras. El recién llegado debía de medir un metro ochenta, casi treinta centímetros más que ella. Tenía el pelo de color castaño rojizo y unas facciones que parecían esculpidas en granito. Desde luego, era un hombre muy serio. Y muy guapo.

Aunque no hubiera sido el invitado de honor, habría capturado la atención de cualquier mujer con sangre en las venas. El traje de chaqueta no podía esconder que debajo había un cuerpo atlético, y se movía con la gracia de alguien acostumbrado a hacer ejercicio. Tontamente, Amy se preguntó si haría gimnasia con aparatos o practicaría algún deporte.

En cualquier caso, no tenía el físico sedentario del resto de sus colegas y, probablemente, sus pacientes femeninas mostrarían una presión arterial mucho más alta de lo normal una vez que apareciese en la consulta.

Una pena que fuera tan serio. Era guapo, pero una sonrisa lo convertiría en Adonis, pensó. La intensidad de su mirada parecía aumentar la temperatura del salón de actos y Amy se obligó a sí misma a permanecer impertérrita.

Afortunadamente, ella trabajaba con el doctor Jackson.

Aunque el doctor Gregory parecía distante, podía imaginar los rumores que empezarían a circular por la clínica. Aunque, probablemente, era uno de esos hombres con un brillante currículum académico, pero incapaz de mantener relaciones afectivas.

Amy lo sentía por su enfermera, fuera quien fuera. No parecía el tipo de profesional que tolera errores de ningún tipo y mucho menos de los que aceptan la camaradería con sus enfermeras.

Mientras que el doctor jackson era simpático hasta la exageración, el doctor Gregory parecía un halcón a punto de saltar sobre su presa.

Entonces se preguntó si la actitud del nuevo médico sería típica en él o simplemente se ponía nervioso al tener que hablar en público. Pero no parecía nervioso en absoluto. Por

11

su forma de mirar a todo el mundo, parecía estar calibrando con qué se enfrentaba. Y, en su caso, parecía haber decidido que se enfrentaba con una perturbada.

«Peor para él», volvió a pensar Amy. Si no quería relajarse y disfrutar de la vida, era su problema. En cuanto las formalidades hubieran terminado, ella pensaba irse corriendo a casa.

Hay una primera vez para todo.

Ryan Gregory había acudido a todo tipo de reunión, charla profesional y cena de bienvenida. Pero nunca antes se había encontrado con un payaso.

Nunca, hasta aquel día.

Aquel día había visto a un ser con enormes zapatos y peluca roja entrar en el salón de actos y sentarse en la última fila. La mujer que estaba a su lado le dijo algo al oído, sin parecer en absoluto sorprendida por el atuendo de su vecina.

Lo cual hacía todo el asunto aún más intrigante.

Phillip Hyde, el director de la clínica, le prometió una calurosa bienvenida y, por el momento, había encontrado caras sonrientes, aplausos y ponche. Lo que no esperaba era un número cómico.

Mientras Phillip explicaba a los congregados los cambios que tendrían lugar en la clínicas él estaba concentrado en aquel payaso.

Entre el gorro, la peluca, la boca pintada de rojo, la narizota y los pantalones de lunares, no podía estar seguro de si era un hombre o una mujer. Pero, por su pequeña estatura y el fino corte de cara, debía de ser una chica.

Imaginaba que, quien fuera, tenía la misma actitud despreocupada ante la vida que su antigua enfermera. Una enfermera que ponía sus intereses personales por encima de los de sus pacientes y en la que Ryan había perdido toda confianza. En su opinión, ese tipo de actitud no tenía lugar en la profesión médica.

En un aspecto menos serio, el payaso le recordaba a su madre. La quería mucho, pero solo podía describirla como un espíritu libre. Hacía lo que quería, cuando quería, sin preocupación alguna por las consecuencias. Eso estaba muy bien para ella, pero su padre nunca pudo entenderla. Y después de muchos años de diferencias irreconciliables, habían decidido divorciarse.

Intentando olvidarse del payaso, Ryan miró a la audiencia buscando una chica de pelo rubio. Por el momento, no veía a nadie que coincidiera con la descripción que Phillip le había hecho de su futura enfermera. Mejor, pensó. La conocería al día siguiente, a solas, y así podría decirle lo que esperaba de ella.

Supervisar no era algo que le apeteciese lo más mínimo. Aunque se lo había dicho a Phillip, él había insistido en que los méritos de Amy Wyman eran enormes.

Pero Ryan no quería una enfermera porque eso significaba más trabajo. ¿Cuánto tiempo tardaría en confiar en ella? En teoría, Phillip tenía razón: todo médico debe tener una enfermera. Pero su experiencia había sido muy negativa. Una era tan insegura que, al final, él tuvo que hacer su trabajo. La otra era todo lo contrario y, como resultado, se había arriesgado incluso a hacer diagnósticos en su ausencia. Y no quería volver a tener que pasar por eso.

Aunque hubiera preferido entrevistar y contratar a una enfermera de su gusto, tenía la obligación de trabajar con la tal señorita Wyman para no discutir con el director de la clínica. Y lo haría; trabajaría un par de semanas con ella. Pero si no era lo que esperaba, terminaría en la cola del paro.

Una pena que su enfermera no fuera la señora que había en la primera fila; de la antigua escuela de enfermeras, con uniforme blanco, zuecos y el pelo sujeto en un moño.

—El doctor Gregory quiere decir unas palabras —estaba diciendo Phillip en ese momento.

Al oír su nombre, Ryan se levantó para acercarse al micrófono.

—Estoy muy contento de estar en Maple Corners y quiero agradecer vuestra calurosa bienvenida. Espero que seáis pacientes conmigo hasta que os conozca a todos.

Lo había dicho sin darse cuenta mirando al payaso que, curiosamente, parecía mirarlo a él con gesto desafiante.

—Como veis, al contrario que yo, el doctor Gregory es muy breve. Quizá debería pedirle que fuera el coordinador de todas las reuniones —bromeó Phillip.

—¡Buena idea! —gritó alguien.

Phillip Hyde tuvo que pedir orden con la mano para detenerlas risotadas.

—El que haya dicho eso acaba de ofrecerse voluntario para el servicio de limpieza —bromeó el director de la clínica.

Más risas. En la clínica siempre había habido buen ambiente y ni siquiera la presencia del parco doctor Gregory parecía estropearlo.

—Con esto damos par terminada la reunión —anunció Phillip entonces.

Todos se levantaron de sus asientos y se pusieron a charlar en grupos mientras los cinco médicos guardaban sus papeles.

—Muchas gracias por todo —sonrió Ryan.

—De nada. ¿Preparado para ver tu consulta? —le preguntó el director de la clínica.

—Desde luego. Por cierto, ¿quién es el

15

payaso? ¿Me has preparado un espectáculo cómico como bienvenida?

—Ah, Amy. Pronto os conoceréis —rió Phillip, dándole una palmadita en la espalda—. Ha estado trabajando con Josh durante tres semanas y antes de eso trabajó con George Garrett, en su consulta privada. Como se retiró el mes pasado, la contraté inmediatamente para que no me la quitase nadie.

—¿Tan buena es?

—Mucho. Se mudó a Maple Corners hace ocho meses, pero ya conoce a todo el pueblo. Una empresa de marketing no conseguiría más pacientes para la clínica que ella.

—Una de esas chicas que no para en casa, ¿eh? —murmuro Ryan, burlón.

Su idea de la diversión era una cena tranquila seguida de una buena película, mientras que la de ella seguramente era bailar hasta el amanecer.

—Es estupenda, de verdad. Todo el mundo la quiere, tanto adultos como niños. George estaba encantado. Según él, prácticamente llevaba la consulta sola. Si necesitas algo, Amy lo solucionará de inmediato o encontrará a quien pueda hacerlo.

—Es difícil encontrar una buena secretaria —murmuró Ryan.

—¿Una secretaria? Amy no es una secretaria —rió Phillip—. Es tu enfermera.

—¿Qué? —exclamó Amy, mirando a Pam con expresión horrorizada.

—Que vas a trabajar con el doctor Gregory —repitió su amiga.

—No puede ser.

Llevaba varias semanas trabajando con el doctor Jackson y no quería trabajar con otro médico.

—Me temo que sí. El doctor Jackson ya tiene otra enfermera y el doctor Gregory no, de modo que te ha tocado.

—Pero es algo temporal, ¿no?

—Por lo que me dijo el doctor Hyde, yo creo que es permanente. Pero nunca se sabe —contestó Pam.

—Espero que sea una broma.

—¿Me estoy riendo? Además, la payasa eres tú, guapa.

De nuevo, Amy miró al doctor Gregory, que estaba hablando con el director de la clínica. Unos segundos después, se volvió hacia ella con expresión horrorizada.

Aparecer tarde y vestida de payaso desde luego no había causado buena impresión.

—Se está poniendo rojo. El doctor Hyde debe de haberle dicho quién soy —murmuró, volviéndose para que no le viera la cara. No se conocían de nada, pero tenía la impresión de que aquello no iba a funcionar—. Creo que es hora de marcharse.

—¿Por qué? —preguntó Pam—. Le parecerá muy raro que te marches sin decirle nada.

—No has visto la cara que ha puesto. En serio, no le hará ninguna gracia que se le acerque un payaso para decir: «Hola, soy su nueva enfermera». No parece ese tipo de persona.

—Venga ya. Nunca he te visto salir corriendo.

—No voy a salir corriendo. Solo quiero elegir mi campo de batalla. Y te aseguro que hoy no es un buen día.

—Pues lo siento, pero ya no puedes irte —dijo entonces Pam.

—¿Por qué no?

—Porque viene para acá —contestó su amiga, sonriendo de oreja a oreja—. Hola, doctor Gregory. Me alegro mucho de que se haya incorporado a la clínica.

Él asintió.

—Pam, ¿verdad?

Amy hubiera deseado no llevar aquella pinta. Hubiera deseado llevar una bata blanca y un estetoscopio colgado al cuello. Era difícil proyectar una imagen profesional vestida de payaso, pero tendría que intentarlo. Su amiga Sunny, que solía actuar para los niños, le debía una por pedirle que actuase en su lugar.

—Y, por supuesto, ella es Amy Wyman

—dijo Pam entonces—. Bueno, tengo que irme. Adiós.

Amy fulminó a su amiga con la mirada antes de volverse hacia el doctor Gregory.

—Encantada, doctor Gregory —dijo, ofreciendo su mano enguantada.

Ryan dudó un momento.

—No llevará un timbre de broma, ¿no? O una de esas flores que echan agua.

El tono acusador la irritó. Debía de pensar que era una frívola, en lugar de una persona que intenta hacer reír a los niños enfermos. Y eso no auguraba nada bueno para sus futuras relaciones profesionales.

—Por supuesto que no.

Ryan estrechó su mano y el calor que sintió a través del algodón la turbó momentáneamente.

—Para ser médico, tiene usted las manos muy calientes —dijo, sin pensar. Como payaso, decía barbaridades para hacer reír a los niños. Desgraciadamente, al doctor Gregory tenía que impresionarlo con sus cualificaciones profesionales como enfermera, no con bromitas.

—Gracias. Supongo —murmuró él.

Sorprendida por la reacción que le producía la mano del hombre, Amy respiro profundamente... y eso fue peor. Su nuevo jefe olía a café y a una colonia muy masculina.

Horror. Si su olor le parecía sexy estaba metida en un buen lío. ¿Por qué no olía a estercolero, por ejemplo? Pero no, tenía que oler de maravilla. A hombre.

Amy dio un paso atrás, sintiéndose más bajita de lo normal. Y no podía sentirse tan en desventaja con su nuevo jefe.

Por otro lado, si alguien necesitaba relajarse un poco era él. Y tenía que hacerlo sonreír. Su reputación como payaso, aunque fuera ocasional, estaba en peligro.

Vestida como estaba, podía hacer preguntas que no podría haber hecho con la bata blanca y decir cosas que, en cualquier otra ocasión, le estaban prohibidas.

—No se ríe a menudo, ¿verdad, doctor Gregory?

Él se encogió de hombros, pero el brillo de sus ojos grises decía a las claras que lo había sorprendido la pregunta.

—Cuando algo me hace gracia.

—Entonces, ¿siempre es usted tan serio?

—¿Y siempre es usted tan chismosa con sus colegas? —replicó Ryan.

—Por el momento no somos colegas —le recordó ella—. Soy un payaso.

—No se me ha olvidado. ¿Ese alter ego aparece a menudo?

—No. Es que le estoy haciendo un favor a una amiga que visita a los niños del hospital.

—Ya veo. ¿Y sabe hacer algún truco?

—Es más fácil hacerlos que explicarlos —sonrió Amy, metiendo la mano en el bolsillo del pantalón para sacar un ramo de flores.

—Qué bien.

Su corazón de payaso exigía algo más entusiasta que un «qué bien», pero no se lo dijo.

No va a estallar, no se preocupe.

—Menos mal.

—A los niños les gusta mucho el truco del pañuelo —dijo ella entonces, sacando del bolsillo una hilera de pañuelos de colores que, después, se metió en el puño e hizo desaparecer.

Normalmente, los niños gritaban de admiración al ver ese truco, pero el doctor Gregory ni siquiera sonrió.

—¿Cuándo va a sacar el conejo?

—Soy un payaso, no un mago —replicó Amy—. Pero si quiere un animal, haré lo que pueda —añadió, sacando un globo del bolsillo. Unos segundos después lo había hinchado, dándole la forma de un caniche—. ¿Qué le parece?

—Es fácil hacer un caniche.

Ella apretó los dientes. No había nada peor que un espectador desagradecido.

—Supongo que usted puede hacerlo mejor.

Él sonrió. O algo así. No era una auténtica sonrisa, pero como le brillaban los ojos,

Amy decidió llamarlo así.

—¿Es un reto?

—Siempre estoy buscando algo nuevo para mi repertorio.

El doctor Gregory le puso una mano en la oreja izquierda, de la que aparentó sacar una moneda. El truco más viejo del mundo.

—¿Qué tal?

—Impresionante —dijo Amy, irónica. Él tomó su mano enguantada y le puso la moneda en la palma—. ¿Y esto para qué es?

—La propina.

—Lo siento, pero no acepto propinas. Va contra las normas.

—Muy bien. Entonces, ¿puedo darle un consejo?

—Por supuesto —contestó ella.

—A mí no se me engaña fácilmente —dijo entonces Ryan Gregory—. Recuerde eso y nos llevaremos bien.

CAPÍTULO 2

AMY SE quedó paralizada. Lo había dicho en voz baja, pero con un tono cortante y autoritario. Después de ver cómo la miraba, las implicaciones de la frase estaban muy claras. No se refería a su actuación como payaso, sino a su habilidad profesional. Y aquel «consejo» la llenó de indignación.

El doctor Gregory le recordaba a un viejo profesor suyo, incapaz de entender que no todo en la vida es blanco o negro y que no permitía ningún margen de error. Su nuevo jefe parecía el mismo tipo de persona.

Indignada, se puso las manos en las caderas y levantó la cabeza para mirarlo. Al hacerlo, la flor del sombrero le tapó los ojos y tuvo que darle un manotazo. Ojalá pudiera hacer lo mismo con el doctor Gregory.

—¿Qué ha querido decir con eso? ¿Que soy una incompetente?

—Solo le he dado un consejo.

—¿Por qué no dice claramente lo que quiere decir?

Él dudó un momento.

—No estoy satisfecho con el trabajo de mis dos últimas enfermeras.

—Y supone que yo también voy a decepcionarlo —dijo Amy.

—No supongo nada. Por eso pienso vigilarla de cerca, hasta que nos conozcamos mejor.

—Hasta que decida si sé hacer mi trabajo —lo corrigió ella.

—Yo prefiero pensar que vamos a conocer nuestra valía profesional, señorita Wyman.

Amy tenía la desagradable sospecha de que él estaba más interesado en sus errores que en sus habilidades.

—Usted es de los que siempre ven el vaso medio vacío, ¿eh?

—¿Perdone?

—Da igual. Pero, para que lo sepa, nunca se han quejado de mi trabajo.

Ryan se cruzó de brazos.

—Entonces no tendremos ningún problema, ¿verdad?

El tono condescendiente la irritó aún más.

—No lo creo.

—Veo que ya os conocéis —oyeron entonces la voz del doctor Hyde—. ¿Qué tal, os estáis entendiendo?

—Por supuesto —contestó Ryan.

—Ya lo sabía yo —rió Phillip—. Siento interrumpir, pero un reportero del periódico local quiere hablar contigo. ¿Tienes cinco minutos?

—No lo haga esperar por mí —dijo Amy—. Ya hemos dicho todo lo que teníamos que decir, ¿verdad, doctor Gregory?

—Más o menos. Pero estoy deseando terminar esta conversación.

Ella le dedicó una sonrisa. Falsa, por supuesto.

Cuando los dos hombres se alejaban, Joshua Jackson la tomó del brazo.

—No sabes cómo lamento perderte. Le dije maravillas de ti al doctor Hyde, pero no sabía que eso era ponerme la soga al cuello.

Amy sonrió. El doctor Jackson tenía una cara que solo su madre y su esposa encontrarían atractiva. Pero era absolutamente encantador.

—Quizá podría decirle que ha exagerado —le sugirió.

—Lo intenté, no creas. Pero te gustará el doctor Gregory, es un buen médico.

—Ya.

—Es muy callado, pero se entera de todo.

—Estupendo —murmuró Amy.

—No te preocupes —sonrió el doctor Jackson.

Que no se preocupase, pensó ella mientras salía prácticamente corriendo del salón de actos. El trabajo que tanto le gustaba estaba a punto de convenirse en una pesadilla.

«Se entera de todo».

La idea le daba escalofríos. Profesionalmente estaba muy capacitada, pero algunas veces no seguía las reglas al pie de la letra. De vez en cuando, iba a visitar a los pacientes a su casa, algo prohibido en la clínica, o se le «olvidaba» enviarles la factura cuando sabía que no tenían dinero. Como los Mullen, por ejemplo. Los pobres tenían muchos problemas económicos y un hijo diabético al que cuidar.

Sinceramente, dudaba de que el doctor Gregory fuera tan generoso como el doctor Garrett. Y no había estado con el doctor Jackson lo suficiente como para que la pillara en lo que ella llamaba «misiones piadosas».

—¡Espera! —escuchó la voz de Pam cuando estaba entrando en el coche.

Amy bajó la ventanilla.

—¿Qué quieres, traidora?

—¿Qué tal con el doctor Gregory?

—Hemos tenido una conversación muy interesante. Y ahora me voy a mi casa.

Pam levantó los ojos al cielo.

—Venga, dame detalles. ¿Qué te ha parecido?

—Es demasiado pronto para saberlo.

—Pero tendrás una primera impresión, ¿no? Parece un hombre silencioso y cauto —suspiró su amiga—. A mí me gustan los hombres así, como Harrison Ford. Ese me lo llevaría yo a casa ahora mismo.

—Entonces, ¿por qué no trabajas tú con el doctor Gregory y yo me quedo con el doctor Brooks?

Pam arrugó el ceño.

—¿Tan malo es?

Amy apretó el volante con sus manos enguantadas.

—Depende de cómo definas «malo». Aparentemente, mis cualificaciones profesionales no significan nada para él. Como si me hubieran tocado en una tómbola.

—¿No estás exagerando?

—No lo creó. Según él, va a vigilarme de cerca.

—No te conoce, Amy. Es normal que diga eso.

Ella dejó escapar un suspiro.

—Sí, claro, aunque me hayan recomendado el doctor Jackson y el doctor Hyde, ¿no? ¿Qué tal te sentaría a ti que el doctor Brooks estuviera todo el día encima?

—Está todo el día encima —rió su amiga—. Si las cosas no van bien con el informático, la próxima vez que me lo pida, saldré a cenar con él.

—No me refiero a eso, tonta.

—Ya lo sé. Venga, no creo que sea tan malo —intentó consolarla Pam.

—¿No? Deberías haber oído el tono en que me ha hablado. Era una advertencia, como si fuera el director de una prisión. Qué horror… y voy atener que trabajar con él durante meses —murmuró Amy, angustiada.

—¿Sabes cuál es tu problema? —le preguntó entonces su amiga.

—No, pero seguro que tú vas a decírmelo.

—Estás acostumbrada a hacer lo que te da la gana. El doctor Garrett era tan mayor que te lo dejaba todo a ti y el doctor Jackson tiene tanto trabajo que no podía preocuparse de lo que hacías o dejabas de hacer.

—Pero es que ellos confiaban en mí. Y el doctor Gregory no piensa hacerlo. La verdad, no me apetece nada trabajar en esas condiciones.

—Dale tiempo —le recomendó Pam—. Acabará reconociendo que eres estupenda.

—Sí, pero hasta que llegue ese momento mágico, me va a hacer la vida imposible. Y hablando de cosas imposibles… —dijo Amy entonces, rascándose la cabeza—. Tengo que quitarme esta ropa de una vez. Me pica todo el cuerpo.

En julio hacía calor en Maple Corners pero, además, embutida en aquel traje y en un coche que llevaba dos horas al sol se sentía como en un baño turco.

Pam sonrió.

—Venga, no te preocupes por el doctor

Gregory. Cuando empiecen a llegar los pacientes, no tendrá tiempo de pensar en ti.

—Eso espero.

—Yo me he casado dos veces y lo sé todo sobre la mente masculina —rió su amiga—. Si quieres un consejo, lo mejor para conseguir lo que quieres de un hombre es hacerle creer que todo es idea suya.

—Me niego —replicó Amy—. A mí esas tonterías no me gustan.

—Funciona siempre —insistió Pam—. Además, después de trabajar unos días contigo verá que eres muy eficiente y te dejará en paz.

Ojalá fuera cierta esa teoría, pensó ella. Pero la paciencia no era una de sus cualidades y la idea de trabajar con alguien que iba a vigilarla constantemente la ponía muy nerviosa.

Su única opción era marcharse de la clínica, pero no quería hacerlo. Tenía que probarle demasiadas cosas a su ex novio, a sus hermanas y a sí misma como para empezar de nuevo. Además, le gustaban la clínica y el pueblo y no pensaba mudarse otra vez.

La teoría de Pam simplemente tenía que ser cierta.

Y para asegurarse, después de darle un paseo a su cocker spaniel, Mindy, Amy se dedicó a revisar las normas de la clínica. No pensaba darle oportunidad al doctor

Gregory de llamarle la atención. Todo lo contrario; se quedaría atónito con su profesionalidad y dinamismo.

El martes, por la mañana, se puso un pantalón vaquero y una camiseta de ositos y, como maquillaje, solo un poco de brillo en los labios… porque si se pintaba más parecía una niña jugando con las cosas de su madre. Como toque final, un moño.

Que el doctor Gregory le pusiera alguna pega, pensó.

Llegó a la clínica a las ocho. El ala en la que trabajaba había sido reformada recientemente y estaba pintada de un tono amarillo claro muy alegre. La sala de espera estaba separada del pasillo por una pared de cristal y el personal se refería a ella como «la pecera».

Su despacho estaba al lado de la recepción, pero tenía una puerta por la que podía desaparecer sin que nadie la viese. Aunque lo que más le gustaba era su enfermería, organizada por ella misma de una forma muy nueva y en la que había mucho espacio para tratar a los pacientes.

El personal de la otra ala de la clínica se había muerto de envidia al ver la reforma. Y, con un poco de suerte, el doctor Gregory también la felicitaría por su excelente organización.

Pero estaba muy equivocada.

—¿Cómo que me han cambiado de sitio?

—exclamó Amy, cuando Tess, la recepcionista, le dijo que su despacho ya no era su despacho.

Tess estaba atacada, algo insólito en ella a las ocho de la mañana. Empezaba a estarlo a las diez, cuando llegaban los pacientes y los teléfonos no dejaban de sonar.

—No es que te hayan cambiado de sitio, es que… más bien te han condensado.

—¿Condensado? —repitió ella, sintiéndose como un bote de leche—. ¿Qué significa eso?

—Que el doctor Gregory ha hecho algunos cambios.

Aparentemente, Ryan Gregory no hablaba en broma la noche anterior. Pensaba vigilarla muy de cerca. Y la expresión de, Tess no auguraba nada bueno.

—¿Qué cambios exactamente?

—Tienes que trasladarte a la consulta que hay al final del pasillo.

—¿La del final del pasillo? ¡Pero si es diminuta?

—Yo solo te cuento lo que me han dicho —murmuró Tess, con cara de susto.

—Vale, muy bien —suspiró Amy, intentando tranquilizarse—. Voy a llevar mis cosas.

En ese momento Harry y Eldon, responsables del mantenimiento de la clínica, aparecieron en el pasillo.

—Hola, señoritas —las saludó Harry—.

Venimos a mover la nevera y dos armarios. ¿Dónde los ponemos?

—¿Qué nevera? —preguntó Amy. Solo había una nevera y estaba donde debía estar: en la enfermería.

—A la consulta del final del pasillo —contestó Tess.

—¿A mi consulta? —repitió ella, atónita.

—Y los dos armarios también —siguió Tess, haciendo como que no la había oído.

—¿Cómo que a mi consulta? ¿Y qué pasa con la enfermería?

—A partir de ahora, es el despacho del doctor Gregory —contestó la recepcionista.

Amy se quedó boquiabierta. Su enfermería, de la que ella se sentía tan orgullosa...

—En la consulta pequeña no hay sitio para curar a los pacientes. ¡Me chocaré con los muebles!

—Yo solo hago lo que me han pedido —protestó Tess.

—Pues yo no pienso acatar las órdenes ciegamente —replicó ella, furiosa—. ¿Qué es esto, una dictadura? ¡Lo mínimo que podría hacer es consultar conmigo antes de ponerse a destrozarlo todo!

Tess se puso entonces como un tomate y Amy se arrepintió de haberle gritado. La pobre no tenía la culpa.

—Perdóname. No estoy enfadada contigo,

pero cuando vea a ese doctor Gregory pienso decirle un par de...

—¿Un par de cosas? —escuchó entonces una voz tras ella—. Quizá podríamos discutir eso... en privado.

El doctor Gregory. Tenía que aparecer precisamente en aquel momento.

—Voy a ver lo que hacen Harry y Eldon —murmuró Tess, que prácticamente salió corriendo por el pasillo.

Era el momento de enfrentarse con el dragón. Amy respiró profundamente antes de darse la vuelta.

Él la miró de arriba abajo, con un brillo de mal disimulada admiración en los ojos grises.

—¿Seguro que tiene veintisiete años?

Parecía más joven y como medía poco más de metro y medio, muchas veces la confundían con una niña de quince años, algo que la irritaba profundamente. Y, aunque sabía que lo agradecería cuando cumpliera los cuarenta, aquel no era precisamente el mejor momento para que le hiciera esa pregunta.

—Según mi partida de nacimiento, sí.

El doctor Gregory estaba muy serio y, a pesar de que no llevaba traje de ebaqueta sino pantalón y camisa azul, tenía un tremendo aire de autoridad.

De nuevo, Amy se preguntó qué habría que hacer para que aquel hombre perdiera la compostura. Pero como le gustaba su trabajo, lo último que debía hacer era enfrentarse con su nuevo jefe.

El problema era que no estaba acostumbrada ni a decir que sí a todo ni a hacerse la tonta. Era una mujer muy independiente y tenía sus propias ideas.

—¿Qué decía de una dictadura? —preguntó él entonces.

—Como estos cambios también me afectan, debería haberlos discutido conmigo, ¿no le parece?

—Iba a hacerlo, pero ayer se marchó a toda prisa del salón de actos. Además, pensé que le daría igual dónde me instalase.

¿Que le daría igual? ¿Cómo iba a darle igual si le destrozaba su preciosa enfermería?

Entonces él sonrió. Y Amy casi habría podido jurar que era una sonrisa de disculpa.

—Como las enfermeras siempre se quejan de que tienen que andar corriendo por los pasillos, he pensado que ponerla en una consulta al lado de mi despacho le ahorraría muchas carreras.

A ella le daba lo mismo tener que correr por el pasillo. Lo que quería era una enfermería decente. Iba a decírselo cuando pensó que quizá no sería buena idea. Habían empezado fatal y la realidad era que tenían que trabajar juntos.

—Se lo agradezco, pero yo necesito una habitación libre de muebles para curar a los pacientes.

—Muy bien. Entonces, busque otra sitio para la nevera y los armarios —replicó el doctor Gregory. Amy se mordió los labios. No estaba poniéndoselo nada fácil.

—Me sorprende que quiera tener su despacho en medio del pasillo. El ruido no lo dejará trabajar.

—Me gusta estar encima de todo —se encogió él de hombros.

«Para comerte mejor», le dijo el lobo a Caperucita Roja, pensó ella.

—Ya, claro.

—Por cierto, si no tiene sitio para algunas de sus cosas puede ponerlas en mi despacho. Vamos a trabajar juntos, no el uno contra el otro. Y nuestros pacientes deben vernos como un equipo unido.

Sí hubiera dicho aquello antes del «a mí no se me engaña fácilmente», Amy lo hubiera creído. Pero tenía sus sospechas.

—Y así podrá vigilarme a todas horas.

—La confianza hay que ganársela.

—Soy una enfermera diplomada, doctor Gregory. Y, en cualquier caso, yo he llegado antes a la clínica. Quizá es usted quien tiene que ganarse la confianza de los demás —replicó ella.

Ryan Gregory pareció sorprendido por aquella réplica, pero enseguida se recuperó.

—Yo soy el médico, señorita Wyman. Y la responsabilidad moral y legal para con los pacientes recae sobre mí.

Amy tuvo que hacer un esfuerzo para no replicar. Si le apetecía ponerse a dar puntos de sutura y revisar oídos, era su problema. Ella no pensaba poner obstáculos.

—Muy bien. Usted es el médico y yo no tengo ganas de seguir discutiendo.

—Sé que no esperaba tener que trabajar conmigo. Y espero que no sea un problema.

—Eso espero yo también.

—Por cierto, si quiere recomendar a algún auxiliar de clínica para que trabaje con nosotros, estoy abierto a cualquier sugerencia.

Amy estaba a punto de decir que hablase con el doctor Hyde, pero se lo pensó mejor. Ella encontraría al mejor candidato o candidata. Si lo elegía el doctor Gregory seguramente llamaría a Betty Jean Post, que no tenía sentido del humor y era tan entretenida como un cadáver.

—Dora Wells podría estar interesada. Hasta ahora trabajaba media jornada en el hospital, pero creo que este año puede hacer la jornada completa.

—Dora Wells —repitió él—. ¿Alguien más?

—Solo se me ocurre ella. Pero me lo pensaré.

Cuando Harry salió de la enfermería tirando de la nevera Amy tuvo que apretar los puños. Normalmente, se llevaba bien con todo el mundo, pero el doctor Gregory la enervaba.

Y, para no decir nada que pudiese lamentar más tarde, se dio la vuelta.

—No soy el enemigo, señorita Wyman —dijo él entonces.

Amy levantó la barbilla, desafiante.

—Eso ya lo veremos, doctor Gregory.

Después, se alejó con toda la dignidad posible hacia su nueva consulta. Una vez allí, cerró los ojos y se puso los dedos en las sienes.

—¿Qué te pasa? —oyó la voz de Tess, la recepcionista—. ¿Te duele la cabeza?

—Aún no, pero empezará a dolerme, seguro.

—¿Has arreglado el asunto con el doctor Gregory?

—Si te refieres a la enfermería, no. En cuanto a lo demás… estamos haciendo progresos —contestó ella, irónica.

—Me alegro. No me apetece entrar en un campo de batalla todas las mañanas.

—A mí tampoco, pero prepárate —le advirtió Amy—. Aún no hemos firmado la paz.

—Espero no tener que hacer de árbitro.

—Sería mucho más fácil si pudiera entender

por qué hace las cosas. Es un tipo muy raro.

—¿Qué quieres decir?

—Parece un hombre muy serio, exigente y seguro de sí mismo. Pero hay algo en él… insiste en que quiere que nos llevemos bien. No sé cuál de los dos personajes es el auténtico doctor Gregory.

Tess se encogió de hombros.

—Los profesores siempre parecen ogros el primer día de colegio. Pero luego descubres que son humanos.

Amy la miró, atónita. ¿Cómo podía ser tan simple?

—Pero es que el doctor Gregory no es mi profesor, bonita.

—Bueno, lo que tú digas. Por cierto, Blythe Anderson está en la sala de espera.

—Muy bien. Vamos a atenderla, ¿no?

—¿Dónde le digo que vaya?

—Pues… aquí. La atenderé aquí. Mañana, ya veremos.

CAPÍTULO 3

AMY SALUDÓ a Blythe con un alegre «buenos días».

—Qué tal la muñeca? La mujer de pelo gris levantó una mano escayolada.

—Mejor. Ya casi no me duele.

—El descanso y los antiinflamatorios son la mejor medicina.

—Sí, ¿pero quién habría podido pensar que iba a acabar con tendinitis por arreglar el jardín? Llevo cincuenta años haciéndolo y no me había pasado nada hasta ahora.

—No me gusta decirlo, pero con los años pasan estas cosas —sonrió Amy, mientras le tomaba la tensión.

—Lo sé. Pero es un rollo no poder hacer lo que a uno le gusta. Dentro de este cuerpo de casi sesenta años hay una chica de veinticinco.

Amy soltó una carcajada.

—Tienes suerte. Yo, algunos días, tengo ganas de retirarme. Bueno, la tensión está bien —dijo, quitándole el aparato—. ¿Algún otro problema?

—Me parece que tengo una infección de

orina. Y supongo que debería pedir cita con el urólogo.

—Es lo que debes hacer. Pero antes, ya sabes, tienes que llenar esto —sonrió Amy, sacando un recipiente de plástico del cajón—. Cuando termines, me lo traes para que lo analice.

Blythe salió dula consulta, suspirando, y un segundo más tarde entraba Tess con varias carpetas.

—Quieren ver al doctor Gregory. Es la familia Inman. Acaban de mudarse a Maple Corners y están buscando médico de cabecera.

—Muy bien. Diles que pasen.

Poco después, entraba en la consulta una mujer alta con un diamante en el dedo del tamaño de Gibraltar y un vestido azul pálido de diseño italiano. Llevaba a un niño de unos dos años en brazos y, de la mano, a una niña de cinco.

—Buenos días. Soy Lucinda Inman y estos son mis hijos, Tyler y Theresa.

Los dos críos, vestidos también de diseño, tenían cara de susto.

—Hola, Tyler. Hola, Theresa —los saludó Amy. Tyler no se sacó el dedo de la boca, pero la miraba con los ojitos muy abiertos.

—Acabamos de llegar a Maple Corners porque han trasladado a mi marido. Antes vivíamos en Topeka —le explicó Lucinda—. Y estamos buscando un buen médico de cabecera.

—Pues han venido al mejor sitio —sonrió Amy mirando a la niña, que se escondía tras la falda de su madre—. Voy a comprobar su historial médico —añadió, abriendo una de las carpetas.

—Somos una familia muy sana. Hacemos deporte, comemos bien y tomamos vitaminas.

—¿Los niños también?

—Sí, claro. Bueno, han tenido sus catarros, pero están vacunados de todo.

Amy leyó los informes y comprobó que había antecedentes de cáncer de pulmón en la familia de Lucinda. Para llamar la atención del doctor Gregory, marcó aquello con rotulador.

—Todo parece estar bien.

—¿Eres médico? —le preguntó Theresa.

—Soy enfermera diplomada —contestó ella. La niña arrugó el ceño—. Eso significa que ayudo a un médico a cuidar de los pacientes.

—¿Y pinchas a la gente?

—Cuando están malitos, sí. Pero tú no estás malita, ¿verdad?

La niña negó con la cabeza.

—¿Y el médico pincha a la gente aunque no esté mala?

—Nunca —contestó Amy. El rostro de Theresa mostró entonces un gran alivio—. Si no les importa esperar unos minutos en la consulta 2, la puerta de enfrente, el doctor Gregory los verá enseguida.

—Muy bien —sonrió Lucinda Inman.

Blythe no había vuelto del servicio, de modo que Amy llamó a otro paciente. Era Dean Woods, de la inmobiliaria de Maple Corners, que tenía un ojo hinchado.

Buenos días, señorita Wyman.

—No tengo que preguntar cuál es su problema —bromeó ella, poniéndose unos guantes de látex—. ¿Qué ha pasado?

—Estaba cortando el césped y, de repente, me saltó a la cara un montón de tierra.

—¿Se lavó los ojos enseguida?

—Sí, pero me duele mucho, como si tuviese arena.

—Voy a ponerle suero fisiológico para asegurarme de que hemos quitado todas las partículas. Y después, le pediré al doctor Gregory que le recete un antibiótico. Dentro de unos días estará como nuevo.

Amy se preguntó si en la clínica habría una linterna médica para detectar abrasión en las córneas. Desde luego, en el departamento de obstetricia, no. Tendría que llamar al doctor Hyde para preguntar.

—He tenido que cancelar una reunión en

el banco esta mañana. No me parecía muy profesional aparecer con un ojo a la funerala.

—Me parece muy bien. Espere aquí, voy a buscar el suero y vuelvo enseguida.

Por el camino se encontró con Blythe, que le dio el contenedor de orina.

—Ya está.

—Vale. Espérame en la consulta 4 —suspiró Amy.

Qué lío de consultas. Nunca había tenido que memorizar dónde estaba cada paciente.

Distraída, cuando iba a entrar en la enfermería, recordó que… ya no era la enfermería. Un enorme escritorio de caoba ocupaba casi todo el espacio y el doctor Gregory estaba sentado tras él.

—¿Sí?

—No, nada. Se me había olvidado que esto ya no es la enfermería.

—No pasa nada. Puede entrar cuando quiera.

—Ya, gracias —murmuró ella, irónica—. Tiene unos pacientes esperando en la consulta 2.

—Voy ahora mismo.

Amy entró en el laboratorio y unos minutos después tenía el resultado de la prueba de orina. Blythe Anderson tenía infección, otra vez.

Mientras se lavaba las manos, se preguntó dónde estaría el armario del suero fisiológico.

Seguramente Harry y Eldon lo habrían puesto en otra parte. Lo buscaría en cuanto hablase con Blythe.

Pero cuando entró en la consulta se encontró con el doctor Gregory, charlando tranquilamente con su paciente.

—La señora Anderson estaba contándome su problema. ¿Tiene los resultados del test?

Amy intentó controlarse. Aquel era su territorio.

—Es positivo. Tiene una infección de orina.

Ryan Gregory leyó las anotaciones del informe.

—Estoy de acuerdo con mi enfermera. Debe pedir consulta con el urólogo.

—¿Qué me pasa? —preguntó Blythe.

—Podrían ser varias cosas. La más obvia es que las mujeres a partir de cierta edad pierden tono muscular y no siempre vacían la vejiga del todo. Por eso aparecen las infecciones —contestó él—. ¿Qué antibiótico pensaba recomendar, señorita Wyman?

—Como es la tercera vez, yo diría que trimetropina —contestó ella, con los labios apretados.

—Buena idea. Creo que está en buenas manos, señora Anderson —sonrió el doctor Gregory, mientras firmaba en el libro de recetas.

Tenía una sonrisa preciosa, pensó Amy. Ojalá sonriera de esa forma más a menudo... y ojalá no se portase como si tuviera que vigilarla, pensó, irritada.

—Encantada de conocerlo, doctor Gregory.

—Lo mismo digo, señora Anderson. Hasta pronto.

Cuando salió de la consulta, Blythe miró a Amy, fascinada.

—Es guapísimo, ¿verdad?

—Sí, guapísimo —murmuró ella, irónica.

—¿Pido yo la cita con el urólogo o la pides tú?

—Díselo a Tess. Ella te pedirá cita.

—Muy bien.

—Y bebe mucha agua.

—Lo haré.

Cuando su paciente salió de la consulta, Amy llamó a la recepción:

—Tess, ¿tú sabes dónde está el suero fisiológico?

—Mira en el despacho del doctor Gregory. Le dijo a Harry que no moviera más armarios, así que igual sigue allí.

Era raro que no se hubiera fijado en ese armario cuando entró en la enfermería por error. Pero el doctor Gregory la ponía tan nerviosa que no se habría fijado en un oso de cinco metros.

Afortunadamente, él no estaba en el despacho, aunque el aroma de su colonia seguía allí. Irritada por haber perdido su preciosa enfermería, después de sacar el bote de suero del armario decidió cotillear un poco.

En el escritorio, además de un montón de papeles, había una taza con el dibujo del Capitolio. En la pared, una fotografía histórica de Washington y otra del cementerio de Arlington, donde se enterraba a los caídos por la patria.

Como el señor Woods estaba esperando, Amy no tuvo tiempo de preguntarse qué significaban las fotografías y la taza. Seguramente, que había nacido en Washington, pensó.

Cuando entró en la consulta, se encontró al doctor Gregory charlando con su paciente. Otra vez.

—¿Pensaba examinar la córnea, señorita Wyman?

—Si puedo encontrar una linterna médica... —contestó ella, mordiéndose la lengua.

¿Por qué no la dejaba en paz? ¿Pensaba atender a cada uno de los pacientes personalmente? Aquel hombre la sacaba de quicio.

—¿No tenemos una en esta sección?

—Me temo que no. No hemos tenido que usar una hasta ahora. Pero confío en que el doctor Hyde pueda ayudarnos.

—Se lo preguntaré —dijo Ryan, antes de salir de la consulta.

Levantando los ojos al cielo, Amy empezó

a limpiar el ojo del paciente con la solución salina.

—¿Sabe que al doctor Gregory le gusta el fútbol? —sonrió el señor Woods.

—Pues qué bien.

Eso explicaba que no tuviera una gota de grasa en el cuerpo. Seguramente corría varios kilómetros cada día para mantenerse en forma.

—¿No lo sabía?

—Acabo de conocerlo —sonrió Amy—. Nos vimos ayer por primera vez.

—Yo pertenezco a la Comisión de Deportes del pueblo y estamos buscando un entrenador para el equipo de fútbol. ¿Usted cree que estaría interesado?

—No tengo ni idea —contestó ella.

El doctor Gregory no parecía el tipo de hombre al que le gusta estar con niños, pero lo del truquito de la moneda...

—¿Qué tal la familia, señor Woods? —le preguntó entonces para cambiar de tema.

—Bien. Tony quiere que le compre un coche, pero a mí me parece que acabo de comprarle el triciclo.

—Crecen muy rápido, ¿eh?

—Desde luego. Gertie dice que Tony y sus amigotes nos dejan la nevera vacía todos los fines de semana.

—La queja de todos los padres —rió ella.

La puerta se abrió entonces y apareció, por supuesto, el doctor Gregory con una linterna médica.

—Hemos tenido suerte —dijo, con una sonrisa de satisfacción—. ¿Quiere hacerlo usted o prefiere que lo haga yo, señorita Wyman?

Había preguntado. Qué detalle, pensó Amy.

—Hágalo usted.

—¿Eso me va a doler? —preguntó el señor Woods.

—No se preocupe. No le dolerá nada —contestó ella.

Ryan le puso unas gotas de anestésico en los ojos antes de examinarlo.

—Parpadee varias veces, por favor.

Mientras tanto, Amy se dedicó a colocar sus cosas, intentando no notar cómo la presencia del hombre hacía que la consulta pareciese mucho más estrecha.

—¿Qué tal? ¿Voy a quedarme ciego?

—Por supuesto que no. Pero voy a recetarle un antibiótico.

—¿Le gustaría ser entrenador del equipo de fútbol, doctor Gregory?

—Me parece que no voy a tener tiempo —contestó él, mientras se lavaba las manos—. Pero quizá la temporada que viene…

—Muy bien. No voy a dejar que se me escape —sonrió el señor Woods.

Cuando se quedó sola, Amy llamó a Dora Wells.

—Dora, quiero proponerte una cosa.

Su amiga soltó una carcajada.

—¿En qué causa benéfica te has metido ahora?

—No es ninguna causa benéfica. Es que estoy trabajando con el doctor Gregory y...

—¿El que ha salido en el periódico? Es muy guapo.

Amy levantó los ojos al cielo.

—Sí, bueno... El caso es que necesito a una auxiliar. ¿Te interesa?

—Claro que sí. Necesito dinero para la universidad de la niña. En el hospital me han ofrecido un puesto, pero el horario es de tres de la tarde a doce de la noche y no me interesa nada.

—Aquí ya sabes cuál es el horario, de ocho a cuatro de la tarde. Aunque algunos días hay que quedarse hasta más tarde.

—Pues entonces, no hay más que hablar. ¿Dónde firmo?

—Tienes que hablar con el doctor Gregory. Él tiene la última palabra, pero le he hablado de ti.

—Qué impresionante —rió Dora.

—¿Por qué dices eso?

—Seguro que ya lo tienes comiendo de tu mano.

—Si tu supieras… Qué va, es duro como una piedra.

Dora Wells era una excelente elección. Se llevaba bien con todo el mundo y seguro que podría entenderse con el doctor Gregory.

Al contrario que ella.

Al final del día, Amy estaba agotada. Igual que Tess.

—Hoy ha habido más pacientes que nunca.

—Dímelo a mí —suspiró la recepcionista—. No he tenido tiempo para archivar los informes y no puedo quedarme esta tarde.

—Deberíamos contratar a un ayudante.

—No creo que Pat quiera contratar a nadie mas. Amy se quedó pensativa.

—Quizá no quiera contratar a alguien ocho horas al día, pero si le hablamos de un estudiante que venga tres o cuatro horas… ¿Tu hija no ha terminado el instituto?

—Este mismo año —contestó Tess—. Y como no cambie de actitud, voy a darme a la bebida. Un trabajo es justo lo que le hace falta.

—Pues habla con Pat.

—Lo haré —sonrió la mujer, apagando el ordenador—. ¿Qué vas a hacer esta noche?

—Por el momento, voy a ver si puedo convertir mi consulta en una enfermería. Y a sacar el armario del suero del despacho grande.

—Ha sido un detalle que el doctor Gregory no lo haya sacado hoy mismo.

—¿Un detalle? Un detalle habría sido que no utilizase la enfermería como despacho.

—Ya, hija… Bueno, te echaría una mano, pero tengo que llevar a Carrie a baloncesto.

En ese momento, apareció el doctor Gregory. Que parecía poseer el don de la ubicuidad.

—¿Has dicho algo de baloncesto?

Tess asintió.

—Mi hija pequeña está en el equipo del instituto.

—Yo solía jugar hace años. Es muy divertido.

—¿Divertido? Como se nota que no tiene hijos. Jugar es divertido, pero mirar… Yo me pongo de los nervios cada vez que Carrie tiene un partido —rió la recepcionista.

El doctor Gregory sonrió. Una de esas sonrisas que le dedicaba a todo el mundo… menos a Amy y que lo transformaban por completo.

—Intentaré recordar eso para cuando me toque.

—Bueno, me marcho. Hasta mañana —se despidió Tess.

En cuanto se quedaron solos Amy intentó desaparecer, pero él parecía tener ganas de hablar.

—¿No se va a casa, señorita Wyman?

—Tengo que organizar la nueva enfermería.

—¿Quiere que la ayude?

—Aún no sé dónde voy a poner el armario del suero.

—Podría ponerlo en la guardería. A los niños no les importará.

—No, supongo que no.

—Además, está al lado de la nueva enfermería…

—Mi consulta —lo interrumpió Amy.

—Su consulta, sí. Como decía, está al lado y no tendrá que darse paseos.

—Parece que lo tiene todo pensado.

—La verdad es que no. Pero me fijo en las cosas.

—Ya —murmuró ella.

—¿No pensará mover ese armario sola?

—Podría, pero no voy a hacerlo. Harry y Eldon se sentirían frustrados. Solo voy a vaciarlo.

—Muy bien. Hasta mañana, señorita Wyman.

—Hasta mañana.

Amy volvió a su consulta y se dejó caer en la silla. Había soportado el primer día. El siguiente no podría ser peor.

Ryan miraba, distraído, los montones de libros que había en el suelo del salón. Pero en lugar de ver los libros veía la cara de Amy Wyman.

A él solían gustarle las morenas, pero el pelo rubio rojizo de Amy le encantaba. Desde que la vio en vaqueros por la mañana, no había podido pensar en otra cosa.

A pesar de que, más tarde, ella se había puesto una bata, no podía dejar de pensar en cómo aquellos ceñidos pantalones se ajustaban al redondo trasero, despertando imágenes muy provocativas. Pero no se sentía culpable. Él no era de piedra.

La descripción que hacía de ella su informe revelaba solo lo básico. Pero en persona, Amy Wyman era una belleza.

No una belleza clásica, desde luego, pero su instinto masculino le decía que aquella era una mujer por la que los hombres se volvían en la calle. Tenía unos labios preciosos y un cabello rubio que le habría gustado ver suelto y no recogido en un moño. Pero lo mejor de Amy eran sus preciosos ojos azul cielo, llenos de energía y de vida.

Era una chica que no se ponía colorada. Todo lo contrario. Cada vez que se dignaba a mirarlo, lo hacía con la barbilla levantada, desafiante.

No, aquella chica no se asustaba fácilmente. A pesar de eso, el responsable de la sección era él y pensaba hacer las cosas a su gusto.

Los cambios le parecían necesarios para que la consulta fuera más eficiente. Aunque no había esperado que Amy se tomase tan mal el «robo» de su enfermería. Evidentemente, seguía enfadada y no pensaba disimular.

Quizá debería haber esperado un par de días antes de reorganizarlo todo, pensó. Pero, ¿para qué posponer lo inevitable?

Era absurdo llevar sus cosas a un despacho y cambiarse dos días después, solo para no herir los sentimientos de su enfermera.

Afortunadamente, ella no había utilizado ninguna táctica femenina para hacerlo cambiar de opinión. Ni pestañeos ni sonrisas. Amy Wyman no era ese tipo de mujer.

Y, aunque él solía evitar conflictos personales en el trabajo, esperaba con ansia la estimulante conversación que resultaría de sus enfrentamientos con ella.

Y algo le decía que habría muchos.

CAPÍTULO 4

AMY SE dejó caer en el sofá, exhausta. Por fin era viernes.

No sabía si el cansancio era físico o mental. Ser la enfermera del doctor Gregory y atender además a sus pacientes la había tenido corriendo toda la semana.

Quizá era el momento de usar sus patines, pensó, irónica.

Afortunadamente, Dora empezaría a trabajar la semana siguiente. Cinco días más haciendo el trabajo de dos personas era lo máximo que podría soportar.

Aunque, en realidad, no estaba siendo sincera del todo. Tener que estar en dos sitios a la vez era algo que ocurría a menudo en su profesión.

Lo que realmente la dejaba agotada era tener que bregar con el doctor Gregory, que parecía estar en todas partes.

No sabía cuántas veces había estado hablando con alguien y, al volverse, lo encontraba a su lado. Además, todos los días entraba en su consulta para conocer a los pacientes y para darle el visto bueno a su trabajo, algo a lo que ella no estaba acostumbrada.

Siempre la felicitaba, pero el resultado era que el viernes por la tarde, Amy estaba tirada en el sofá, estresada.

Siendo como era una persona franca que prefería decir las cosas a la cara, la tensión de no poder decir lo que pensaba de él estaba poniéndola de los nervios.

Pero tenía que ser paciente, se recordó a sí misma. Aunque paciencia era algo que no tenía en abundancia.

Un ladrido en el patio le recordó entonces a la única criatura en el mundo que confiaba en ella ciegamente, Mindy, que la miraba desde el jardín con la naricilla pegada al cristal de la puerta. Sonriendo, Amy abrió para abrazar a su bolita de pelos.

—¿Qué tal lo has pasado hoy, Mindy? —le preguntó, dándole besos. La perrita contestó con un ladrido—. ¿Nos ahorramos el paseo esta tarde? Hace un calor horrible.

Mindy empezó a mover la cola con ojos esperanzados. No, el paseo era inevitable.

—Te doy una galleta si dejas que me quede en casa, descansando —intentó chantajearla Amy. Pero Mindy ya estaba buscando su correa—. Vale, de acuerdo. Pero deja que me cambie por lo menos.

La perrita asintió con un ladrido.

Agotada, Amy se quitó los vaqueros y se puso un pantalón corto y una camiseta antes de salir de casa con su alegre mascota.

Mientras Mindy arañaba el pavimento con sus pezuñitas, ella se maravillaba de haber encontrado la casa de sus sueños en Maple Corners. No era nada de otro mundo, pero tenía un salón grande, dos dormitorios y una piscina comunal.

La mayoría de sus vecinos eran parejas jóvenes y la vida en el barrio era muy entretenida.

Pero en aquel momento, lo único que ella deseaba era darse un largo baño de espuma y, si después tenía ganas, pasarse un rato por la barbacoa de Jodie Mitchell.

Cuando llegaron al parque, Mindy empezó a correr alegremente en busca de sus amigos caninos y Amy la siguió. Poco después, vio a un grupo de gente jugando al fútbol e inmediatamente pensó en el doctor Gregory.

Pero eso no podía ser. Era viernes y no quería pensar en él hasta el lunes por la mañana.

Media hora después de corretear y tirar palitos, volvió a ponerle la correa a Mindy y tomó el camino de vuelta.

La mayoría de las casas de la zona residencial estaban construidas de forma parecida y la única diferencia era el color. Mientras la suya estaba pintada de amarillo, la de al lado era blanca, con el tejado de pizarra. Los dueños se habían mudado a California un mes antes, pero Amy vio una luz encendida. De modo que tenía nuevos vecinos... Los Clayton adoraban a Mindy y confiaba en que los nuevos fueran igual de simpáticos.

Cuando iba a entrar en su casa, Jodie la llamó desde la acera. Era una pelirroja guapísima que trabajaba en la cadena de televisión local. Con sandalias de tacón de aguja, pantalón negro y un top de seda verde que dejaba su ombligo al descubierto, iba tan moderna como siempre.

—Vienes a mi fiesta, ¿no?

—Más tarde. Después de darme un buen baño.

—¿Puedes bañarte en quince minutos? Necesito que me hagas un favor.

Amy se mordió la lengua. La gente de Maple Corners parecía pensar que era el hada madrina.

—Ya sé. Se te ha olvidado comprar hielo y tengo que ir a la gasolinera.

La pelirroja sonrió, traviesa.

—No, yo tenía pensado algo más caliente.

—¿No hace mucho calor?

—No, no. Me refiero a «caliente», ya sabes —rió su amiga.

—Ya —murmuró Amy. «Caliente» para

Jodie solía referirse al género masculino—.
Pues ya me dirás.

—Acabo de conocer a tu nuevo vecino y
quiero que vengas con él a mi fiesta.

—¿No puede ir él solito?

—Creo que no. Parece un tipo muy serio.

—Si no quiere ir..

—¿Qué mejor forma de conocer a todo el
mundo que ir a una fiesta? —la interrumpió
Jodie—. Puede que algún día tenga que pedir azúcar o aceite... ya sabes.

Amy levantó los ojos al cielo.

—¿Y por qué no lo llevas tú directamente?

—Sí, claro, y que a Wayne le dé un ataque
de celos. De eso nada. Lleva unos días insoportable.

—Podrías pedírselo a otra...

—Tienes que ser tú. Tú sabes cómo hacer
que la gente se relaje y lo pase bien —insistió su amiga—. Además, ¿qué hombre re-
chazaría la oportunidad de llevar a una
rubia preciosa del brazo?

Amy soltó una risita irónica. Ella se veía
atractiva, pero «preciosa»... Eso era otro
asunto.

—Es que estoy cansada.

—Por favor, por favor —le rogó Jodie.

—Solo tengo que llevarlo a tu fiesta, ¿no?

No quería sorpresas. Como cuando fue a
una cena en su casa y acabó formando parte

de un cuarteto de *bridge* hasta las cinco de la mañana.

—Quiero que lo presentes a todo el mundo. Parece un hombre de pocas palabras.

—¿Y cómo voy a presentarlo si no lo conozco?

—Pero a ti se te dan muy bien esas cosas —insistió su amiga—. Además, como los dos os dedicáis a la Medicina, podréis hablar de trabajo.

Después de la semana que había tenido, justo lo que le hacía falta, pensó ella.

—¿No será médico?

—Eso parece.

—¿Cómo se llama?

—Ryan, creo.

—¿Ryan Gregory?

—Eso es. ¿Lo conoces?

Amy dejó escapar un suspiro. ¿Cómo era posible? Aquello era una tortura china.

—Trabajo con él.

—¡Qué coincidencia! Estupendo, así será más fácil.

—Sí, claro. Para ti.

Lo que le faltaba. El doctor Gregory era su vecino. Pero sería una grosería no saludarlo sabiendo que vivía en la casa de al lado.

—Venga, no seas aguafiestas.

—De acuerdo. Lo llevaré —murmuró Amy, resignada.

—Vamos a encender la barbacoa a las ocho, así que no tardes.

—A las ocho —repitió ella.

Decidida a posponer lo inevitable, se dio una larga ducha mientras contemplaba la noche que tenía por delante. Podía imaginarse al doctor Gregory rechazando su oferta de acudir a una barbacoa, aunque tuviera lugar a unos metros de su casa. Después de trabajar con él toda la semana, podría definirlo como un aburrido que solo pensaba en el trabajo.

Pero quizá no estaba siendo justa. Ryan Gregory era un hombre serio y poco dado a las bromas, pero no era aburrido. En realidad, hablaba de un millón de temas con sus pacientes. Con la señora Pendleton, de música clásica, con Blake Landon, del mercado de valores y con Dean Woods, de fútbol.

No, Ryan Gregory no era un tipo aburrido. Pero era su jefe, el que le había robado la enfermería. Y, aunque fuera un hombre interesante, no tenía ninguna intención de conocerlo fuera del trabajo.

Cuando el agua de la ducha empezó a enfriarse; Amy se dio cuenta de que no podía retrasarlo más.

Después de secarse el pelo, se puso unos pantalones cortos de color caqui, un top sin mangas del mismo color, pendientes de plata, colorete, un poco de brillo de labios… y estaba lista para acompañar al doctor Gregory.

Aunque no mentalmente.

Solo tenía que presentarlo a todo el mundo, se dijo. Y después, que se apañase solo.

—Deséame suerte le dijo a Mindy, acariciando sus orejitas—. Adiós, preciosa. Nos vemos más tarde.

Cuando salió de casa oyó la música en el jardín de Jodie y algún remojón en la piscina. Evidentemente, los invitados ya habían hecho acto de presentación.

Amy abrió la verja de la casa de al lado, cruzó el jardín y subió los cuatro escalones del porche.

Respirando profundamente para darse valor, levantó una mano para llamar a la puerta… pero no tuvo que hacerlo porque Ryan Gregory apareció ante ella, con unos pantalones cortos y un polo amarillo.

Ryan se había quedado atónito cuando vio a su enfermera cruzando el jardín. No sabía que Amy viviera en aquel barrio y mucho menos que fuera su vecina.

No le apetecía nada ir a la barbacoa, pero no conocía a nadie en Maple Corners y debía hacer un esfuerzo para relacionarse. Después de todo, eran sus vecinos. Aunque no pensaba estar toda la noche tomando cerveza y oyendo música a todo volumen. El plan era que lo llamasen desde la clínica a las nueve y así tendría una excusa perfecta para marcharse.

Pero al ver a Amy, se alegró de no haber llamado a la clínica. Evidentemente, ella también estaba invitada y podía aprovechar la ocasión para hacer las paces.

La mujer con la que trabajaba todos los días se parecía poco a la rubia que estaba frente a él. Después de verla vestida de payaso y con una bata blanca, aquella chica tan sexy de pelo suelto le parecía más que interesante.

Amy Wyman, desde luego, parecía tener muchas personalidades.

—Qué sorpresa. No sabía que vivía por aquí.

—Desde hace ocho meses —dijo ella.

—Entonces ¿el cocker spaniel es suyo?

—Sí, se llama Mindy. No me diga que lo despierta por las noches...

—No, no. Pero cada vez que paso por delante de su casa me saluda.

—Es que es muy amistosa —sonrió Amy—. Jodie me ha pedido que lo acompañe a la fiesta, por cierto.

—¿Por qué? ¿Pensaba que iba a perderme?

—No es por eso.

—¿Pensaba que no iría solo?

—Algo así. ¿Habría ido solo?

—Sí y no —contestó él.

—Todo el mundo quiere conocerlo.

—¿De verdad?

Aquello era lo que más odiaba de llegar a algún sitio; que tenía que mostrarse ante todo el mundo como un maniquí.

—Aquí nos llevamos todos muy bien.

—Entonces, puedo esperar visitas en cualquier momento, ¿no?

—No lo creo. Pero nos vemos cuando estamos lavando el coche o cortando el césped...

—Ah, ya.

—¿Le apetece ir a la fiesta de Jodie o no? Si quiere, puedo inventarme una excusa —le espetó entonces Amy, harta de su indecisión.

Desde luego, no iba a suplicarle que fuera con ella. Y Ryan lo entendía.

—¿Qué les diría?

—Que es usted médico y... está de guardia.

—Pero verían luz en mi casa —objetó él.

—Sí, es verdad. Tendría que apagar las luces —sonrió Amy.

—Menuda gracia estar a oscuras.

Si Amy se quedara con él sería otra historia, pero eso no pensaba decírselo.

—Entonces, ¿viene o no?

—Si es por la paz del vecindario, de acuerdo. ¿Tengo que llevar algo?

—No hace falta.

—Tengo una botella de vino —sugirió Ryan.

Ella inclinó la cabeza a un lado, estudiándolo.

—No parece el tipo de persona que bebe vino.

—¿No?

—No, más bien whisky o vodka. Algo fuerte.

Quizá se estaba pasando de duro en la clínica, pensó Ryan entonces. Si esa era la opinión de su enfermera...

—Una copita de vino al día es buena para la salud.

—Sí, ya, bueno. Hoy puede olvidarse de la salud. Las fiestas de Jodie son famosas en el barrio porque todo lo que sirve aumenta el colesterol.

Pensando en la cena congelada que tenía en la nevera, él estaba más que dispuesto a enfrentarse con una subida de colesterol.

—Si dejo de portarme como médico, ¿prometes tutearme? —le preguntó entonces.

—Vale.

—Entonces, ¿a qué esperamos?

Era una tarde preciosa, estupenda para reunirse con los amigos. Pero a él no le gustaban las fiestas. Sin embargo, Amy estaba encantada. Y por los saludos que recibió nada más llegar, los demás también estaban encantados de verla.

Cuando lo tomó de la mano para presentarlo a un grupo, Ryan intentó relajarse. Pero, en lugar de recordar los nombres, solo podía pensar en aquella manita suave que sujetaba la suya.

Le habría gustado estar a solas con ella, conociéndola, en lugar de tener que conocer a un montón de extraños.

A la única persona que reconoció fue a Jodie, que se acercó inmediatamente con una sonrisa en los labios.

—¡Has venido!

—Me has enviado a la caballería. ¿Cómo podía negarme? —sonrió él, ofreciéndole la botella de vino—. Esto es para ti.

—Ah, qué bien. La mesa de la comida está ahí y Wayne se encarga del grifo de cerveza. Los refrescos, en la nevera —dijo Jodie, alejándose a saltitos sobre los altos tacones.

—¿Siempre es así?

Amy sonrió.

—Más o menos. Ven, voy a presentarte a más gente.

Durante una hora lo llevó de grupo en grupo y, aunque él contestaba amablemente a todas las preguntas, cuando terminaron parecía agotado.

Era de entender. Le habían preguntado

de todo: desde sus orígenes hasta su vida amorosa.

—Ya puedes relajarte —dijo Amy, ofreciéndole un plato de plástico.

Su papel de presentadora había terminado, pero no le apetecía dejarlo solo. Curiosamente, poco a poco dejaba de ser su taciturno jefe y se convertía en un hombre interesante.

No sabía cómo iba a afectarlo esa nueva visión el lunes, en la clínica. Pero se preocuparía entonces. Por el momento, estaba decidida a pasarlo bien.

—¿Relajarme? Esa chica ha estado a punto de pedirme que abriera la boca para mirarme los dientes.

Amy soltó una carcajada.

—Eve está buscando novio. En cuanto le dijiste que eras soltero, empezaron a brillarle los ojos.

—Sí, ya. Y yo rezando para que sonara mi móvil. ¿Dónde están las urgencias cuando uno las necesita? —sonrió Ryan.

—Ah, por eso parecías tan aliviado cuando dije que fuéramos a comer algo.

—Desde luego. Me has hecho un favor.

—A mandar —sonrió ella.

—Parece que tenemos unos vecinos muy simpáticos, ¿no? —murmuró Ryan, mirando alrededor.

—¿Tú crees?

—Si hubiera aceptado todas las ofertas de ir a pescar, bailar, jugar a los bolos... tendría la agenda ocupada hasta diciembre.

—Solo están intentando que te sientas parte del grupo —se encogió Amy de hombros.

—Y yo se lo agradezco, desde luego. Por cierto, ese Wayne le ha estado dando a la cerveza demasiado, ¿no?

Amy siguió la dirección de su mirada y vio a Wayne, el novio de Jodie, moviendo los brazos como un loco al borde de la piscina.

—Qué raro. No suele beber tanto...

En ese momento, Wayne se llevó las manos a la garganta. Después se resbaló y cayó al agua.

Los que estaban cerca empezaron a reírse, pero Amy no. Allí pasaba algo raro.

Cuando estaba a punto de decir algo, se percató de que Ryan ya se había tirado a la piscina. Nerviosa, apartó a todo el mundo y esperó de rodillas en el borde.

Las risas habían cesado de golpe, pero la música seguía sonando a todo volumen.

—¡Que alguien apague eso! —ordenó.

Ryan llevó a Wayne hasta la escalerilla y entre todos lo sacaron del agua. Amy le puso dos dedos en la carótida.

—¿Tiene pulso? —le preguntó Ryan, saliendo de la piscina.

68

—Apenas. ¿Alguien ha visto lo que ha pasado?

—Estaba comiendo —contestó un hombre—. Se puso a contar un chiste y cuando se levantó y empezó a hacer cosas raras con las manos pensamos que era parte de la broma.

—¿Qué le pasa? —exclamó Jodie, pálida.

—Puede que se haya atragantado. Apartaos, por favor —ordenó Ryan, antes de aplicar técnicas de resucitación. Pero Wayne no reaccionaba—. Que alguien me ayude —dijo entonces, intentando levantar el cuerpo inerte del hombre.

Con la ayuda de dos hombres de su misma altura, consiguieron ponerlo de pie como una muñeca de trapo. Ryan empezó entonces a presionar su tórax y, por fin, Wayne escupió un trozo de carne y empezó a toser.

—¿Puedes hablar?

—Sí... pero me duele... la garganta.

—Es normal. No pasa nada, Wayne.

—Me siento... idiota.

—¡Desde luego! —exclamó Jodie, al borde de las lágrimas—. Atragantarte con un trozo de carne... A partir de ahora, pienso pasártelo todo por la batidora.

—¿Puedo levantarme? —preguntó Wayne.

—Siéntate un rato. Y no comas nada —sonrió Ryan.

—¿Seguro que está bien? —preguntó Jodie, preocupada.

—Podría ir a Urgencias para ver si tiene agua en los pulmones, pero no lo creo. Si fuera así, no podría hablar.

—Estoy bien —insistió el pobre Wayne, apartándose el pelo empapado de la cara.

Amy le dio una toalla a cada uno.

—Gracias —sonrió Ryan, secándose el pelo.

—¿Qué pasa, aquí nadie se pone bañador para tirarse a la piscina? —bromeó uno de los vecinos.

—Es que está de moda tirarse vestido —contestó él—. Si queréis volver a poner música, por aquí todo va bien.

—¿No quieres cambiarte de ropa? —le preguntó Amy.

—Creo que Jodie agradecería que nos quedásemos un rato, por si acaso. Además, hace calor y me secaré enseguida.

Su consideración la sorprendió. No parecía el mismo hombre adusto y exigente al que veía todos los días.

—Desde luego, esta fiesta ha sido memorable.

—Y que lo digas —sonrió él.

Una hora más tarde, Amy empezaba a estar cansada.

—Yo me marcho. Ha sido un día muy largo.

—Te acompaño —se ofreció Ryan—. Nunca se sabe los peligros que acechan en las sombras.

—Pero si aún no es de noche.

—Da igual —rió él—. Además, sigo teniendo los pantalones mojados.

Salieron del jardín sin que los demás, demasiado ocupados bailando y bebiendo, se dieran cuenta.

—Al final, todo ha salido bien, ¿no?

—Sí. Gracias por traerme, Amy.

—¿Aunque hayas tenido que ponerte la bata blanca?

—Para eso estamos.

—Seguro que ahora te invitan a todas las fiestas.

—Espero que no —sonrió Ryan.

—¿Por qué? ¿No te gustan las fiestas?

—No es eso. Es que prefiero hacer otras cosas.

—¿Como qué? —preguntó Amy, cuando llegaron a la puerta de su casa.

Él dudó un momento antes de contestar:
—Como esto —dijo por fin.

Y entonces, sin previo aviso, se inclinó para darle un beso en los labios.

CAPÍTULO 5

LA HABÍAN besado muchas veces en su vida, pero el beso de Ryan hacía que los demás pareciesen insignificantes. Era como una corriente eléctrica que corría por sus venas; tanto que se sentía a punto de explotar.

Amy cerró los ojos y se concentró solo en aquellas sensaciones. Olía un poco a cloro de la piscina, pero también notaba el aroma de su colonia. Tenía unos brazos duros, muy masculinos, y cuando levantó una mano para acariciar su pelo, notó que era muy suave.

El sonido de los grillos era como una serenata y cuando Ryan la apretó contra sí, pensó absurdamente que estaban hechos el uno para el otro.

De repente, el beso se convirtió en un incendio y las manos de él estaban por todas partes, acariciándola, tocándola, creando un deseo que pedía a gritos liberación.

El ladrido de un perro los sacó de aquel extraño hechizo y Ryan se apartó un poco, sin soltarla. Cuando Amy abrió los ojos, vio que aparecía una estrella en el firmamento y también ella sintió como si hubiera experimentado un despertar.

—Eso es lo que quería hacer.

Amy tragó saliva. Aunque se enorgullecía por su habilidad para adaptarse a cualquier situación, aquel beso la había dejado sin habla.

—¿Sí?

—Sí. Y será mejor que entres en tu casa.

—¿Ah, sí?

—Sí —sonrió él, empujándola suavemente—. Si no, haré una tontería y te invitaré a tomar un café.

—¿Por qué es una tontería invitarme a café?

—Porque no tomaríamos café. No tomaríamos nada, a menos que te quedases a desayunar.

La implicación estaba bien clara. Y se alegró de que el sol se hubiera puesto y él no pudiera ver que sus mejillas estaban ardiendo.

—Eso nos complicaría mucho la vida.

De hecho, aquel beso ya se la había complicado.

Amy abrió la verja y se quedó al otro lado. Ese simple gesto los separaba definitivamente y, sin saber por qué, sintió que se le encogía el corazón.

—Buenas noches —se despidió Ryan—. Que duermas bien.

Después de haber probado el cielo, lo dudaba mucho.

El sábado, Ryan estaba sentado en el porche leyendo el periódico. No quería desaprovechar aquel día tan bonito. Y, sobre todo, no quería desaprovechar la oportunidad de hablar con su vecina.

Unos minutos más tarde, la espera obtuvo resultados. Mindy salió trotando al jardín y Amy detrás de ella, bostezando. Parecía recién levantada. Y si era así, debía de haber dormido con aquellos pantalones cortos y la camiseta blanca que dejaba su ombligo al descubierto.

—¡Buenos días! —la saludó, doblando el periódico.

Amy le devolvió el saludo con una sonrisa, mientras se pasaba la mano por el pelo. El movimiento, hizo que se le levantara un poco más la camiseta y Ryan se quedó sin habla.

En aquel momento, deseaba no haber sido tan caballeroso la noche anterior. Aunque era lo mejor, por supuesto. Sus contadas aventuras románticas habían durado poco y mantener una con su enfermera sería un tremendo error.

Una pena que no trabajase con Joshua Jackson.

—Hola —dijo Amy por fin.

—¿Sabes algo de Wayne? —le preguntó él, acercándose.

—No. Debe de estar bien, porque la fiesta terminó casi a las tres de la mañana.

A las tres y cuarto, en realidad, pero Ryan no pensaba corregirla. Aparentemente, tampoco ella había dormido bien.

Pero en su caso, no había tenido nada que ver con el ruido. Cada vez que cerraba los ojos veía a Amy y tuvo que subirse a la bicicleta estática y pedalear hasta que estuvo demasiado cansado como para pensar en otra cosa.

Aunque eso no había evitado que soñase con ella.

Mindy eligió aquel momento para apoyar las patitas en la verja y saludarlo con un par de ladridos. Sonriendo, Ryan le acarició la cabeza.

—¿Siempre es así de simpática?

—Me temo que sí. Los antiguos vecinos la querían mucho y le daban galletas.

—Lo siento, Mindy. No tengo galletas —se disculpó él.

—Veo que te gustan los perros, ¿tienes uno?

—Lo tuve de niño —contestó Ryan, tomando a la perrita en brazos—. Pero se escapó una noche, así que ahora tengo una pecera. Los peces no se escapan.

—Pero no son tan divertidos —sonrió Amy.

—Tienen su personalidad. Solo hay que ser paciente.

—Bueno, si Mindy se pone pesada no le hagas caso.

—No te preocupes. Es un placer. Jugaré con ella y después la enviaré a casa con su mamá.

—En plan abuelo, ¿no?

—Sí, algo así —murmuró Ryan.

La frase lo hacía pensar en lo que se hacía antes de tener nietos. Pero ese pensamiento no era nada adecuado. Sobre todo después de haber pasado la noche en vela por su culpa.

—Hablando de niños, tengo que irme. Voy a cuidar de los dos hijos pequeños de Tess. Vamos, Mindy. Ya te comerás las azaleas más tarde.

Él puso la mano sobre la verja, percatándose de lo cerca que estaban. Solo tendría que alargar la mano y podría tocarla...

—Que lo pases bien —murmuró, metiéndose las manos en los bolsillos.

—Gracias. Tú también.

Ryan se obligó a sí mismo a entrar en casa sin mirar atrás. Amy Wyman lo atraía mucho, pero después de varias experiencias fallidas no quería arriesgarse.

Sin embargo, el lunes por la mañana su

firme resolución se debilitó al verla en la clínica.

—Buenos días.

La bata blanca escondía un cuerpo precioso y él lo sabía. Ryan se sujetó al estetoscopio como si fuera un salvavidas.

—¿Qué tal el fin de semana?

—Agotador. ¿Y tú, qué tal?

Después de haber pedaleado cuarenta kilómetros, Ryan podía decir lo mismo.

—Bien.

Tess carraspeó entonces.

—Me temo que hay tres pacientes que necesitan atención urgente.

—En, fin no hay descanso para los pecadores —suspiró ella—. Será mejor que nos pongamos a trabajar.

«Pecadores». Ojalá, pensó Ryan. Cuando Amy desapareció en la consulta, un pensamiento apareció en su mente como si fuera un cartel de neón: «Estoy metido en un buen lío».

Quería cerciorarse de que Amy hacía bien su trabajo, pero si estaba todo el día encima no podría dejar de pensar en ella. Era difícil concentrarse en la medicina cuando en lo único que podía pensar era en quitarle la bata, bajarle los pantalones y...

Pero no podía pensar eso. Sencillamente, no debía hacerlo.

Lo mejor sería limitar el contacto. El problema era que, aunque la semana anterior la había visto trabajar y le gustaba mucho, no confiaba en ella al cien por cien.

Y tenía que encontrar el modo de resolver ambas cuestiones.

Dos semanas más tarde, Amy fue a comer con Pam. Sabía que su amiga intentaría sacarle información sobre el doctor Gregory, pero no podía contárselo todo. Algunas cosas estaban demasiado... frescas.

—¿Qué tal? —preguntó Pam en cuanto la camarera colocó los platos de ensalada sobre la mesa—. ¿El doctor Gregory sigue vigilándote como un perdiguero?

—Sí y no —contestó Amy—. Ahora solo entra en mi consulta un par de veces al día.

—¿Y qué tal con los pacientes?

—Es muy simpático con ellos, pero yo sé lo que está haciendo.

¿Lo sabía? Desde el beso, había esperado que las cosas fueran diferentes. Y cada vez que lo veía en la clínica, con la bata blanca, lo quo veía en realidad era al chico de pelo suave que la besaba bajo una estrella recién nacida.

Pero él se portaba como si no hubiera pasado nada. Si no lo recordara como si acabase de ocurrir, pensaría que lo había soñado.

Estaba claro que Ryan Gregory separaba su vida privada y su vida profesional como si se tratase de dos personas diferentes.

Ojalá pudiera hacerlo ella.

—Es más duro de lo que yo pensaba —murmuró Pam—. Pero parece estar mejorando.

—Al paso que vamos, no confiará en mí hasta que se retire.

—No seas tan impaciente sonrió su amiga.

—Desgraciadamente, la paciencia es una virtud que no poseo.

—Pues entonces quizá deberías hablar con él. Lleváis casi un mes trabajando juntos.

—Sí, supongo que debería hacerlo, pero me pone nerviosa —suspiró Amy.

—¿Tú, nerviosa? ¿Por qué?

—Porque quiero que confíe en mí.

—Pues sigue trabajando como si nada. Al final, se dará cuenta de que debe dejarte en paz porque sabes hacer tu trabajo.

Desgraciadamente, Amy no tenía tanta paciencia. Después de comer, decidió hablar con Ryan de una vez por todas. Pero cuando llegó a recepción, Tess la llamó.

—¿Qué pasa?

—Te llaman por teléfono. Judith Wentworth.

—Vale. Pásame la llamada a la consulta —murmuró ella—. Dime, Judith —contestó unos segundos después.

—A Jason le sigue doliendo mucho la garganta y quería saber si el análisis ha dado positivo.

—Te llamo dentro de cinco minutos.

Amy fue al laboratorio y al no encontrar el resultado del análisis, llamó al microbiólogo. Efectivamente, Jason tenía principio de neumonía. Para contrastar esa opinión, buscó el informe del niño, pero no lo encontró. Y era la cuarta vez que pasaba lo mismo en menos de un mes. ¿Qué estaba ocurriendo? Ella nunca perdía un informe.

—¿Pasa algo… Amy? —escuchó la voz de Ryan.

Ella se dio la vuelta. Estaba preocupada por el informe perdido, pero se había percatado de que él dudaba antes de pronunciar su nombre, como si se sintiera incómodo tuteándola en la clínica.

—No, nada.

No pensaba admitir que había perdido un informe; sobre todo porque estaba completamente segura de haberlo archivado dos días antes.

Por supuesto, si cualquier otra persona le hubiera hecho la misma pregunta habría contestado con sinceridad.

—Pues pareces preocupada.

—Estaba pensando —replicó ella, a la defensiva—. ¿Querías algo?

—¿Ha llegado la ecografía de Rhea Drake?

—Aún no.

—Diles que me envíen el informe por fax.

Se lo pediría a Dora, pero está ocupada en este momento.

Después de hacer lo que le pedía, Amy llamó a la señora Wentworth para informarla de que el niño tenía sepsis por estafilococos y debía ser tratado en el hospital.

—Hasta entonces, que beba mucho líquido. Y debe seguir tomando los antibióticos.

Después de colgar, siguió buscando el informe, pero los «gremlins» de la clínica parecían haber hecho bien su trabajo.

Tess entró en su consulta en ese momento.

—¿Qué estás murmurando sobre unos «gremlins»?

—Yo creo que la clínica está embrujada. No encuentro un informe. Otra vez.

—¿Cuál?

—El de Jason Wentworth. Lo guardé en su sitio hace dos días y ahora no aparece.

—No puede haberse esfumado.

—Entonces, ¿dónde está? He buscado por todas partes.

—En cuanto llegue Mollie, le preguntaré —sonrió la recepcionista.

—Gracias.

—No te preocupes, ya verás como aparece.

—Si fuera la primera vez no estaría preocupada, pero es que ya me ha pasado cuatro veces.

—Seguro que Mollie se acuerda. Tiene una memoria increíble.

—¿Qué tal va, por cierto? —le preguntó Amy.

La hija de Tess estaba deprimida y a las dos les había parecido buena idea que trabajase en la clínica por las mañanas. Además, necesitaban alguien que se encargarse del archivo y Pat la directora de personal, había decidido contratarla durante tres meses.

—Tener dinero para comprarse ropa le ha levantado la moral —contestó Tess.

—Entonces, ¿no le importa trabajar con su madre?

—No. Creo que le ha dado una nueva perspectiva de la vida. Ahora entiende porqué estoy tan cansada por las noches.

—Los adolescentes son así —suspiró Amy—. Aprenden con el tiempo.

—Hablando de tiempo, tienes dos pacientes esperando.

—Oh, no… Tenía que ir a cambiar el aceite del coche.

—Terminarás enseguida, no tienen nada grave. Por cierto, ¿cuándo vas a comprarte un coche nuevo?

—¿Qué le pasa a tu coche?

De nuevo, Ryan había aparecido como por arte de magia.

—¿Cómo lo haces? —le preguntó Amy:

—¿Hacer qué?

—Aparecer sin que nadie te oiga.

Él se encogió de hombros.

—Es que no estás atenta.

Au contraire, pensó ella. Cada día estaba más atenta a las idas y venidas del doctor Gregory. Pero seguía sin oírlo llegar. El problema era que, cada vez que lo tenía cerca, se preguntaba qué habría pasado si aquella noche no hubiera entrado en su casa.

—¿Qué le pasa a tu coche?

—Nada. Que es viejo.

—Unos veinte años —le informó Tess—. ¿No crees que es hora de comprar uno nuevo?

—¿Por qué? Es un Toyota que no me ha fallado nunca. Bueno, casi nunca. Hemos llegado a un acuerdo.

—¿Qué acuerdo?

—Mientras ande, no permito que el mecánico le meta mano. Es un coche muy decente —rió Amy.

Ryan salió de la consulta con una sonrisa en los labios.

—Estás zumbada dijo Tess.

—Sí, pero tú me quieres.

A las cuatro, Mollie entró en su consulta. Era una chica muy guapa... con catorce pendientes en cada oreja, pero con un pelo muy bonito y un tipo estupendo.

—Ha llamado Georgia Carter para pedir

una receta. Dice que se le ha acabado la medicina y que tú sabes lo que es.

Amy la recordaba. Había sido paciente del doctor Garrett y sufría una enorme depresión.

—Ah, sí, espera. Llévale este cuaderno de recetas al doctor Gregory. Que firme la primera hoja.

—¿Qué es? —preguntó la joven.

—Un antidepresivo.

—¿Y eso para qué vale?

—Para que la gente se anime —sonrió Amy—. Hay veces que a uno se le cae el mundo encima.

Mollie dejó escapar un suspiro.

—Lo sé. Es horrible.

—Sí, y en el caso de Georgia Carter a veces no puede ni levantarse de la cama.

—Pobrecilla…

—Oye Mollie, por cierto. ¿Tú has visto el informe médico de Jason Wentworth? Su madre ha llamado esta mañana y no lo encuentro.

Creo que lo archivé —murmuró la chica, pensativa—. No, estoy segura de que lo archivé.

—¿Te importa buscarlo?

—Ahora mismo. ¿Has mirado en el despacho del doctor Gregory?

—No —contestó Amy—. ¿Por qué iba a estar en su despacho?

—A veces me pide informes para estudiarlos. De hecho, ahora que lo dices... creo que me pidió el de Jason Wentworth ayer.

Amy la miró, sorprendida. ¿Le pedía un informe y no volvía a colocarlo en su sitio? Estupendo, así hacía su trabajo mucho más fácil. ¿Dónde creía que estaba, en su casa?

—Dame esa receta. Tengo que hablar con él.

Estaba tan enfadada que no iba a esperar un segundo más. Ya era hora de que alguien le dijera que en aquella clínica había que respetar el rango de todo el mundo.

Amy llamó a la puerta del despacho y asomó la cabeza sin esperar respuesta.

—Hola.

—Tenemos que hablar.

—¿Qué pasa? —preguntó él—. ¿Estás enfadada?

—Tu capacidad de observación me asombra. Acabo de enterarme de que has estado mirando informes que no devuelves al archivo. Y llevo una semana volviéndome loca porque no los encontraba. ¿El nombre de Jason Wentworth te dice algo?

Ryan miró un montón de informes que tenía en el escritorio.

—Sí, está aquí.

—¿Y por qué está aquí cuando debería estar en el archivo?

—Porque estaba comprobándolo.

—Si está en el archivo es que ya está comprobado, Ryan. Y es en el archivo donde debe estar para que todos podamos trabajar tranquilos. ¿También tienes los informes de Richmand, Heath y Larson?

—Sí.

—¿Por qué? ¿No crees que yo sepa hacer mi trabajo? —le espetó Amy, indignada.

—Al principio, no estaba seguro —admitió él.

—¿Y ahora sí?

—Digamos que mi confianza en ti ha aumentado mucho.

—Pero no estás satisfecho del todo.

—Se tarda tiempo en conocer a una persona —contestó Ryan con toda la tranquilidad del mundo.

—¿Y cuántos aros de fuego voy a tener que saltar antes de que estés satisfecho del todo?

—No sé por qué estás tan enfadada. Solo estaba comprobando los informes...

—Y guardándolos en tu despacho sin decirle nada a nadie. Mira, lo siento, pero yo no estoy acostumbrada a que duden de mi capacidad profesional —lo interrumpió Amy.

—Dado tu historial, yo creo que estoy siendo generoso —dijo él entonces.

—¿Qué quieres decir?

Ryan se cruzó de brazos.

—Según tu currículum, nunca te quedas mucho tiempo en ninguna parte. Empezaste a estudiar Medicina, pero lo dejaste en segundo. Y después de diplomarte en enfermería...

—Conozco muy bien mi currículum —lo interrumpió ella—. Tardé un tiempo en saber qué quería hacer con mi vida.

—Y no has trabajado en ningún sitio más de un año.

—El doctor Garrett se retiró cuando a su mujer le diagnosticaron un cáncer. Si no hubiera sido así, seguiría con él.

—Te comprendo. Pero es normal que me pregunte cuánto tiempo vas a quedarte en esta clínica.

Aquel argumento le sonaba familiar. Era el mismo que había usado su ex novio para dejarla porque, según él, quería a alguien más estable en su vida.

Le había desilusionado, pero no le rompió el corazón. En realidad, su relación no iba a ninguna parte.

Sus hermanas Marta y Rachel estaban de acuerdo con él. Según ellas, Amy era un espíritu libre. Y, en cierto sentido, tenían razón. Siempre estaba buscando algo que no conseguía encontrar. Y cuando por fin había decidido echar raíces en Maple Corners, tenía que aparecer el doctor Gregory para amargarle la vida.

—No pienso marcharme —le dijo.

—¿Seguro que no te aburrirás dentro de unos meses?

—No. Y aunque decidiera marcharme de aquí, algo que solo es asunto mío, no trabajaría con menos ganas.

—La gente suele tirar la toalla cuando no pueden salir del agujero en el que se han metido.

Amy lo miró, atónita.

—Yo no estoy en ningún agujero, doctor Gregory —le espetó—. Y el día que usted se retire, seré yo quien le dé el reloj de oro.

Ryan sonrió.

—Eso espero, Amy.

CAPÍTULO 6

AÚN FURIOSA cuando llegó a casa, Amy fue con Mindy al parque. Tenía que ventilar su frustración de alguna forma y nadar un rato en la piscina le habría ido bien, pero no quería encontrarse con Ryan.

Correr la ayudó un poco, pero cuando sus músculos protestaron decidió tirarle palitos a Mindy.

Mientras lo hacía, se preguntaba qué podía hacer para probarle a Ryan que era feliz haciendo su trabajo y no tenía intención de irse a ningún lado.

Estaba furiosa con él por hablarle en tono condescendiente y por poner en duda su dedicación. Ojalá ella fuera como Mindy, pensó, cuya vida consistía en comer, dormir y correr por el parque. Su perrita no tenía que probarle nada a nadie.

Por supuesto, no todos los perros eran tan felices como el suyo. Algunos se volvían fieros porque sus dueños los maltrataban. Quizá era eso lo que le había pasado a Ryan. Como médico, era encantador.

Como persona… dejaba mucho que desear.

Era absurdo que siguiera poniéndola a prueba porque había tenido una mala experiencia con sus enfermeras. También ella había trabajado con médicos que no eran precisamente ejemplares y no por eso pensaba que toda la profesión médica era un desastre.

Si hubiera tenido tiempo para preparar lo que iba a decir antes de entrar en el despacho habría podido defender mejor su caso, pero estaba demasiado enfadada. Volverían a hablar del asunto, estaba segura. Y entonces lo haría de una forma seria y profesional, sin entrar en cuestiones personales.

Una hora después de tirar palitos y correr detrás de Mindy, Amy estaba preparada para volver a casa. Un bañito en la piscina le iría de maravilla. Que se fuera a la porra el doctor Gregory, pensó; ella tenía otras cosas más interesantes en qué pensar.

—Una última vez —le dijo a su perra, que la miraba moviendo alegremente la cola—.

Y luego, a casa.

Amy tiró el palito, pero tenía el brazo tan cansado que salió despedido hacia la calle. Horrorizada, vio. cómo Mindy corría como loca para atraparlo y… y se chocaba contra un hombre que iba haciendo *jogging*.

Amy salió corriendo. El corredor era nada más y nada menos que Ryan Gregory.

—¿Te has hecho daño? —le preguntó, poniéndose de rodillas en el suelo. Al mismo tiempo, por el rabillo del ojo comprobaba que Mindy estaba bien.

—No ha sido nada.

—Espera un momento, no te levantes —le advirtió ella, pasando una mano por sus piernas para comprobar si había algún hueso roto.

Lo hacía por instinto profesional, pero al palpar aquellas piernas musculosas Amy tuvo que tragar saliva.

—¿Qué ha pasado? —preguntó Ryan.

Asustada por la posibilidad de una conmoción cerebral, ella pasó la mano por su cabeza para comprobar si había algún bulto.

—Le estaba tirando un palito a Mindy y te has chocado con ella. Afortunadamente, no hay ningún chichón. Tienes la cabeza muy dura.

Desde luego que sí. Amy lo sabía bien.

—Qué suerte tengo murmuró él, irónico.

—Yo no veo ninguna herida —dijo Amy.

Pero sí veía otras cosas: por ejemplo, sus muslos duros como piedras, el vello oscuro que asomaba por la camiseta, la anchura de sus hombros... todas ellas observaciones que no tenían nada que ver con un reconocimiento médico.

Había sido mala suerte que Ryan estuviera

corriendo por allí precisamente cuando ella le tiró el palito a la pobre Mindy... que, considerando el golpe que se había dado, parecía estar divinamente.

—El parque es enorme, ¿cómo se te ocurre ponerte a tirar palitos precisamente aquí? —le espetó él entonces.

—Es que tenía el brazo cansado y... en fin, lo siento.

—Ya, claro.

En ese momento, oyeron un ruido. Amy levantó la cabeza y apenas tuvo tiempo de ver una bicicleta que se les echaba encima.

Cuando abrió los ojos vio a Ryan encima de ella y la bicicleta tirada en el pavimento. Mindy ladraba furiosamente, como queriendo participar de aquel extraño juego.

—¿Se encuentra bien, señor? —oyó la voz de un crío.

—No. No estoy nada bien —le espetó él, furioso.

—¿Qué ha pasado? —murmuró Amy—. Si te quitas de encima...

—No puedo quitarme de encima. ¡No puedo mover la pierna!

Ella intentó apartarse y, haciendo un esfuerzo, consiguió salir de debajo de aquella masa de... hombre.

—¿Te has hecho daño? —le preguntó al crío que, afortunadamente, llevaba casco.

—No, estoy bien. Si él hubiera llevado un casco como yo…

—Desde luego —murmuró Ryan.

—¿Qué pierna…? —empezó a decir Amy.

Pero no tuvo que seguir preguntando. Ryan tenía el tobillo izquierdo muy hinchado y el hueso sobresalía horriblemente.

—Jolín. Parece que se le va a caer el pie —exclamó el crío, muy poco oportuno.

—Te has roto el tobillo, Ryan.

—No lo siento. ¿Está muy mal?

—No creo que puedas correr durante algún tiempo.

—Maldita sea —murmuró él, cubriéndose los ojos con un brazo.

—Menos mal que mi bicicleta no se ha roto dijo el crío entonces, arriesgándose a que alguien le partiera la cara.

Amy apretó los labios. Tenía ganas de llorar. Ella no tenía la culpa del accidente, pero se sentía responsable de todas formas.

—¿Cómo te llamas, chaval?

—¿Va a denunciarme? —preguntó el niño, asustado:

—No, hombre. Ha sido un accidente —sonrió ella—. ¿Cómo te llamas?

—Luke Wagner.

—Luke, tienes que ir a buscar ayuda —dijo Ryan entonces.

—¿No llevas el móvil? —le preguntó Amy.

—Ahora mismo no.

—Oiga…

—¿Y por qué no llevas el móvil?

—Pero oiga… —intentó hablar el crío.

—Porque estaba haciendo *jogging*.

—¿Y cómo van a llamarte en caso de urgencia? —insistió ella.

—No estoy de guardia, Amy. Y hablando de móviles, ¿dónde está el tuyo?

—En casa.

—Vale. Luke, súbete a la bici y llama por teléfono a una ambulancia.

—No hace falta. Eso era lo que estaba intentando decirles —sonrió el crío, sacando un móvil del bolsillo.

Ryan y Amy se miraron.

—Es muy triste que un chico de doce años esté más preparado que nosotros.

—Muy triste, desde luego —asintió ella.

—La ambulancia viene para acá —dijo Luke poco después, con una sonrisa de satisfacción—. ¿No deberíamos entablillarle la pierna? Lo he visto en las películas.

—No, gracias —murmuró Ryan, irritado—. Pero podría haber sido mucho peor. Podríamos estar los tres hechos polvo.

Unos minutos después llegaba la ambulancia.

—Tengo que llevar a Mindy a casa. Después iré al hospital.

—No hace falta...

—Sí hace falta lo interrumpió ella.

Amy le pidió a Luke su número de teléfono, por si Ryan quería hablar con sus padres, y después de ducharse se dirigió al hospital a toda velocidad.

—¿Cómo está el doctor Gregory? —le preguntó a la enfermera de la planta.

—Está en rayos X. Si quiere esperar un momento...

—¿Lo va a atender el doctor Feldman?

Martin Feldman era el mejor traumatólogo de Maple Corners y Amy sabía que, en sus manos, el tobillo de Ryan quedaría como nuevo.

—Sí, vendrá en cuanto termine su consulta.

Incapaz de sentarse, Amy estuvo paseando hasta que prácticamente borró el dibujo de las baldosas y, por fin, oyó voces en el pasillo. Eran dos enfermeras empujando la camilla de Ryan hasta la habitación.

—Has venido —dijo él, aparentemente sorprendido.

—Ya te dije que vendría. Mi madrastra me enseñó a cumplir siempre mi palabra.

—Eso está muy bien. Siempre que uno pueda hacerlo.

—No es tan difícil.

—¿Por eso has venido? ¿Para cumplir tu palabra? —preguntó Ryan.

—Y porque no quería dejarte solo. ¿Qué han visto en rayos X? —preguntó Amy, para cambiar de tema.

—Que tengo el tobillo roto.

—Vale. Cuéntame algo que no sepa.

—Por lo que me han dicho, a partir de ahora saltarán las alarmas de los aeropuertos cada vez que yo entre —sonrió él.

En ese momento, apareció el doctor Feldman con el informe en la mano.

—Yo no lo habría explicado mejor. Pero es una rotura limpia. ¿Te sigue doliendo?

—Un poco.

—¿A qué hora has comido?

—Muy tarde. Casi a las tres.

—Entonces no puedo operarte ahora. ¿Qué tal mañana por la mañana? —preguntó el doctor Feldman.

—Por mí, bien.

—Te ha pillado una bicicleta, ¿eh?

—Un accidente muy raro. Empezó con un perro… pero no quiero aburrirte con los detalles.

—Algo me dice que es una historia divertida. ¿Alguna pregunta?

—¿Cuándo podré volver a trabajar?

—¿Hoy qué es …? ¿Miércoles? Yo diría que el próximo lunes.

—De acuerdo —suspiró Ryan.

—Pero no podrás estar de pie mucho

tiempo —le explicó Feldman—. Tendrás que llevar muletas, por supuesto.

—Me las arreglaré.

—Ya me lo imagino. Pero no esperes estar al cien por cien, amigo. Tienes que recuperarte. Bueno, me voy, tengo que arreglar otra pata rota.

El doctor Feldman salió de la habitación sonriendo, pero a Ryan no le había hecho ninguna gracia.

—¿Otra pata? Qué gracioso.

—No es un cómico, es un traumatólogo. Y lo que debe hacer es arreglarte el hueso —sonrió Amy—. ¿Quieres que llame a alguien, a un amigo, a un familiar…?

—¿Por una operación que dura menos de media hora? No hace falta.

—Pero querrás contarle a alguien lo que ha pasado.

—¿Estás preguntando si tengo novia? —sonrió Ryan entonces.

Así era, pero Amy no pensaba admitirlo.

—Solo quiero ayudar.

—Gracias, pero no quiero llamar a nadie. Mis padres están divorciados y no se llevan bien. Tenerlos aquí discutiendo es lo que me faltaba.

—Mis hermanas se disgustarían mucho si no las llamara. Ellas me criaron cuándo murió mi madrastra.

—¿Y tu padre?

—Pues… el pobre perdió dos esposas y eso fue demasiado para él. Murió hace unos años. Pero no me apetece seguir hablando de mí. ¿De verdad no quieres que llame a nadie?

—No.

—Entonces, ¿no te importará que me quede yo, para comprobar que el doctor Feldman te opera el tobillo roto y no el bueno?

—Tú también eres muy graciosa —gruñó Ryan.

Sonriendo, Amy se sentó en el sillón. Estuvieron viendo las noticias y cuando se quedó dormido, lo arropó con una manta. Parecía mucho más joven, más vulnerable y… no pudo evitar darle un besito en los labios antes de irse a casa.

Volvió a la mañana siguiente con la bolsa de aseo y el cambio de ropa que Ryan le había pedido. Cuando iba a decirle que había llamado al doctor Hyde, el director de la clínica apareció en la habitación.

—¿Te importa si echo un vistazo a ese tobillo? Tengo que proteger mi inversión —bromeó el hombre.

—¿Has hablado con Feldman?

—Sí. Y me ha dicho que pronto estarás como nuevo.

Quince minutos después, de nuevo solos

en la habitación, Amy notó que Ryan parecía preocupado. A nadie le hace gracia una operación. Y menos a un médico.

—Esta noche te dan el alta, ¿verdad?

—Eso espero —suspiro él.

—Muy bien. Pues vendré para llevarte a casa.

—No hace falta...

—Eres mi vecino, así que es lo más lógico.

—Ya, bueno, como quieras.

—¿Te han operado alguna vez?

—No.

—Da un poco de miedo, ¿eh? De pequeña, yo siempre estaba en el hospital. Era muy aventurera —sonrió Amy.

—Ya me lo imagino.

—Me rompí la pierna, una muñeca... Era un chicazo. Me subía a los árboles, hacía carreras con la bici, ya sabes. Pero no pasa nada. Te operan y ya está.

—Lo sé, Amy. Soy médico, ¿recuerdas?

—Es diferente cuando eres tú al que operan.

—Ya.

—No va a pasar nada —dijo ella entonces, tomando su mano—. Y cuando termine la operación, te la contaré con todo detalle.

—¿Me lo prometes?

—Te lo prometo.

Unos minutos después, el enfermero entraba en la habitación con una camilla. Y Amy se quedó haciendo lo más difícil: esperar.

—Llegas tarde.

Amy entró en la habitación con una sonrisa en los labios.

—He tenido que poner gasolina.

—Podrías haber llamado.

—Sí, es verdad, pero no me parecía necesario explicar un retraso de cinco minutos —replicó ella, con mucha paciencia.

—Quince —corrigió Ryan.

Obviamente, había estado mirando el reloj.

—No sé por qué tienes tanta prisa. Aquí te cuidan muy bien.

—Lo dirás de broma.

—Te traen la comida, las enfermeras están pendientes de ti... Por cierto, creo que echan a suertes quién te atiende. Ten cuidado, ya sabes que muchas enfermeras se enamoran de sus pacientes.

Ryan se puso colorado. ¡Se puso colorado! Amy no daba crédito.

—Me ha atendido Michael, así que no creo que se haya enamorado.

Si ella le contara cuáles eran las preferencias sexuales de Michael... pero sería mejor dejarlo para otro momento.

—Estás un poquito gruñón, ¿no? A lo mejor las enfermeras dan una fiesta cuando te marches.

—Muy graciosa.

—No, en serio. No sé por qué tienes tanta prisa en irte a casa. Aquí, al menos, tienes…

—Alguien entrando en mi habitación cada cinco minutos para tomarme la temperatura, comprobar el suero y molestarme.

—Están cuidando de ti —protestó Amy.

Ryan se cruzó de brazos.

—Sí, ¿y cuando quieren bañarte?

Después de haberlo visto en pantalón corto, entendía que las enfermeras quisieran bañarlo.

—Las chicas tienen que divertirse un rato, ¿no?

—Hoy estás un poquito payasa, Amy —murmuró él, irritado.

—No, la payasa es Sunny.

—Lo sé. Ha venido a verme con el disfraz. Al principio creí que eras tú, pero luego me di cuenta de que no.

—¿Cómo?

—Tú hueles de otra forma.

Amy lo miró, sorprendida.

—¿A qué huelo?

—No sé. A clínica, supongo.

Hubiera preferido que le dijera que olía a flores o a primavera… ¿A clínica? Desde luego, estaba pagando demasiado por su colonia si él no podía distinguirla del olor a desinfectante.

—Recuerda que ponga perfume en mi lista de la compra. ¿Qué tal el tobillo?

—Me duele —contestó él.

—¿Lo mantienes levantado todo el tiempo?

Ryan dejó escapar un suspiro.

—Me parece que no puedo hacer otra cosa.

—¿Has dormido algo?

—¿Cómo voy a dormir? ¡Por esta habitación ha pasado todo el personal del hospital! ¿Es que no tienen otra cosa que hacer?

—Desde luego, estas insoportable —rió Amy.

—Y encima llevo una hora esperándote.

—Pero si me he retrasado cinco minutos…

—Ya, pero yo tenía la bolsa preparada desde las cinco —la interrumpió Ryan.

Ella dejó escapar un suspiro.

—¿Te han dado el alta?

—He firmado seiscientos papeles por triplicado.

Amy se fijó en un ramo de margaritas que había sobre la mesa; seguramente de los compañeros de la clínica.

—¿Quién lo ha mandado?

—No lo sé. Había más, pero se los he dado a Dora para la residencia de ancianos. Este me lo quedo.

¿Por qué querría quedarse precisamente con un ramo de sencillas margaritas? Ryan Gregory era un misterio, desde luego.

—Me parece muy bien.

—¿Nos vamos? —escucharon entonces la voz de Michael, el enfermero, que llegaba con una silla de ruedas.

Cuando consiguieron meterlo en el coche, Amy puso el aire acondicionado y Ryan dejó escapar un suspiro.

—¿Te duele?

—No. Suspiro porque soy libre.

Ella soltó una carcajada.

—Qué exagerado. No estabas en la cárcel.

—¿Que no? No podía mover un dedo sin que viniera alguien a vigilarme.

Justicia poética, pensó Amy.

—Pues yo pienso seguir vigilándote. Le he dado mi palabra a Feldman.

En menos de media hora, Ryan estaba sentado en el sofá de su casa con la pierna sobre un escabel.

—¿Qué es esto? —preguntó cuando ella le dio una cajita.

—Un regalo.

—¿Bombones?

—¿No te gustan? —preguntó Amy.

—Me encantan —sonrió Ryan.

—Hombre, por fin sonríes. ¿Necesitas alguna cosa más?

Él se preguntó qué pensaría si le dijera lo que necesitaba en aquel momento. Durante todo el día había estado recordando el beso que se dieron. Mala idea, porque el recuerdo lo ponía... nervioso. Pero al menos hacía que se olvidase del tobillo.

—No, gracias. ¿Qué tal en la clínica?

—Muchos pacientes —contestó Amy, sentándose a su lado en el sofá. Ryan se dio una palmadita imaginaria en la espalda por no tener sillones—. Tess llamó a varios de tus pacientes para decirles que estabas de baja, pero hemos tenido catarros, alergias y cosas así.

—¿Algo que yo deba saber?

—Nada importante. Excepto... una mujer de cuarenta años con un nódulo en la garganta.

—¿Un problema de tiroides?

—Yo creo que sí. He pedido un análisis de sangre.

—Habrá que hacerle una biopsia.

—Sí, pero tendrá que esperar hasta que vuelvas a la consulta —sonrió Amy.

—De acuerdo. Dale cita para el lunes.

—Espero que no pienses trabajar todo el día.

—Ya veremos cómo me encuentro —murmuró Ryan.

—Podría verla el doctor Jackson...

—No, ha ido a mi consulta y quiero verla yo.

—¿No confías en tus colegas? —preguntó Amy, sorprendida.

—No es una cuestión de confianza —contestó él, apartando la mirada—. Esa paciente es responsabilidad mía.

—Pero te has roto un tobillo. No puedes trabajar como antes, al menos durante unas semanas.

—Eso ya lo sé.

—Entonces, ¿por qué no dejas que el doctor Jackson la vea? ¿O el doctor Perry?

Ryan dejó escapar un suspiro.

—Porque hace unos años, un colega examinó a uno de mis pacientes... y el crío estuvo a punto de morir.

105

CAPÍTULO 7

AMY HABÍA sospechado que la desconfianza de Ryan tenía que ver con algo que ocurrió en el pasado. Y aquella frase confirmaba sus peores sospechas.

—¿Qué pasó?

—Fue un asunto muy desagradable. Y complicado.

—Yo tengo toda la noche —sonrió ella.

Ryan tomó un sorbo de agua antes de empezar, como si necesitase unos segundos para ordenar sus pensamientos.

—Mi primera enfermera era tan insegura que tenía que preguntarme continuamente. Por eso busqué otra que fuera todo lo contrario. Miranda era una mujer muy segura de sí misma, muy eficaz. Un día me fui de vacaciones a Nuevo México pensando que dejaba la consulta en buenas manos, pero mientras yo estaba fuera, llegó un crío con dolor abdominal. Había ido varias veces a la consulta con el mismo problema, pero no fuimos capaces de descubrir cuál era la causa y después de un par de horas, el dolor siempre desaparecía —empezó a contarle, moviéndose incómodo en el sofá. Sin decir nada, Amy le colocó una almohada bajo la pierna—. Aquella vez mi enfermera pensó que era lo de siempre y decidió no pedir ninguna prueba. Simplemente, le dijo a su madre que le diera dos aspirinas y volviera el lunes. Pero, por la tarde, el crío se puso peor y la madre volvió a llevarlo a la clínica.

—¿Y tu enfermera lo envió a la consulta de un colega?

—Así es. Pero debido a su historial, no le prestó mucha atención. Además, mi enfermera sugirió que le recetase un laxante porque había funcionado en alguna otra ocasión, sin tener en cuenta que el niño tenía cuarenta de fiebre.

Amy arrugó el ceño. Esa temperatura era, casi siempre, la señal de que algo iba muy mal.

—¿No lo tuvieron en cuenta?

—No.

—¿Por qué?

Ryan se encogió de hombros.

—No lo sé. Tendrían algo más importante que hacer —dijo, irónico.

—Qué horror.

—A medianoche tuvieron que llevarlo a Urgencias. Era una peritonitis y el niño salvó la vida de milagro.

107

—Y te culpas a ti mismo —murmuró Amy.

—Más o menos. Debería haberme dado cuenta de que ni mi enfermera ni el colega que me sustituyó eran personas de confianza. Ya había oído algo acerca de él... pero ya sabes cómo somos los médicos. Nadie puede criticarnos —suspiró Ryan.

Amy asintió con la cabeza. Por eso no confiaba en ella. De ahí que vigilase su trabajo y comprobara los informes con lupa.

—¿La familia presentó una demanda?

—Afortunadamente para ellos, no. Pero después de ese incidente, decidí que no podía seguir trabajando en la clínica.

—Y por eso viniste a Maple Corners.

—Sí. No me gustaba dejar a mis pacientes, pero tenía que hacerlo. Y la oferta del doctor Hyde me vino como anillo al dedo. Desde luego, aprendí una lección.

«No confiar nunca en nadie», pensó Amy. Qué lección tan triste.

—Es una pena —suspiró ella—. Pero te has roto el tobillo y tienes que confiar en los demás para que lleven la consulta cuando tú estés descansando. Entiendo que seas cauto, pero llevamos casi un mes trabajando juntos. Y, que yo sepa, no me he equivocado en ningún momento.

—Es verdad.

—Entonces, ¿confías en mí?

—Más o menos —murmuro Ryan.

Como voto de confianza no era muy alentador, pero al menos no había dicho que no.

—No te defraudaré.

—Cuidado con las promesas —suspiró él, mirándola con los ojos brillantes.

—¿Confías en mí o no?

Ryan sonrió.

—Confío en ti.

En ese momento sonó el móvil de Amy, que hizo un gesto de disculpa con la mano. Mientras hablaba, Ryan pensó que Amy Wyman era mejor que cualquier analgésico. Su sonrisa hacía que todo lo demás pareciese insignificante.

—Tengo que irme —dijo ella entonces—. ¿Necesitas algo?

—Otra almohada. Están en mi dormitorio...

—Sé dónde están —lo interrumpió Amy—. Échate hacia atrás dijo unos segundos después, con dos almohadas en la mano.

Ryan obedeció, cerrando los ojos cuando se inclinó sobre él. Olía a flores, a sol y... a mujer.

—Te he mentido —dijo entonces.

—¿No quieres las almohadas? —preguntó Amy, sorprendida.

—No hueles a clínica. Hueles a flores.

—Me alegro de oírlo —sonrió ella, incorporándose. Pero Ryan sujetó su brazo.

—¿Anoche me diste un beso?

Amy se quedó atónita

—Pensé que estabas dormido.

—De eso nada. ¿Volverías a hacerlo?

—¿Es una pregunta retórica o quieres que te dé un beso de verdad?

—Quiero un beso de verdad.

—¿Te han dado alguna droga en el hospital? —preguntó Amy, intentando bromear.

—Supongo que sí. Pero me sigue doliendo el tobillo —contestó él, poniendo cara de niño bueno. O malo.

—En ese caso...

Ryan la abrazó entonces, buscando su boca. El contacto fue tan poderoso como un relámpago. Se sentía consumido por los labios de aquella mujer.

Unos segundos después, ella intentaba apartarse.

—Será mejor que me marche o... —no terminó la frase, pero estaba muy claro lo que había querido decir.

—Ven a cenar conmigo. Y trae a Mindy, si quieres.

—Puede que tarde un rato y...

—No me importa esperar —la interrumpió él—. ¿A las diez te parece bien?

Amy sonrió.

—De acuerdo. Traeré una pizza.

Ryan la vio salir, sintiéndose abandonado, pero con la esperanza de que cenarían juntos.

Entonces miró el ramo de margaritas. Sabía muy bien por qué las había llevado a casa: porque le recordaban al sombrerito de payaso.

Pero después de aquel beso estaban jugando con fuego. Eran muy diferentes; a ella le gustaba salir, ir de fiesta, y a él le gustaba estar en casa. Su última novia era también una chica muy alegre, muy extrovertida y, al final, se habían separado porque no tenían nada en común.

Sería absurdo mantener una relación con ella sabiendo que eran opuestos. Pero la idea de estar con Amy Wyman era demasiado excitante.

Pensando en ella, en su olor, en su sonrisa... se quedó dormido. Y cuando despertó era de noche, pero Amy, no estaba allí. Sorprendido, tomó las muletas para ir a la cocina. Allí no había ninguna caja de pizza.

Poco después volvía a dejarse caer en el sofá, agotado. Desde luego, no podría trabajar muchas horas en aquellas condiciones. Y, como Amy le había dicho, ya era hora de que confiase en ella.

Además, el accidente lo obligaba a dejar la

consulta en sus manos. Solo esperaba que el destino no volviera a jugarle una mala pasada.

En ese momento, sonó el teléfono.

—¿Dígame?

—¿Está Amy ahí? —escuchó la voz de Dora, la auxiliar de clínica.

—No —contestó él—. Pero vendrá dentro de un rato. ¿Quieres que le diga algo?

La mujer dudó un segundo antes de contestar.

—No, déjalo.

—¿Qué pasa, Dora?

—Nada. Bueno, creo que no pasa nada.

—Habíamos quedado a cenar hace media hora, pero no ha llegado todavía dijo Ryan entonces.

—Verás, es que…

—¿Qué pasa? —preguntó él, asustado.

—Amy me llamó a las ocho para que fuera con ella a la zona sur. Yo no podía y pensé que habría llamado a otra auxiliar.

Ryan llevaba poco tiempo en Maple Gorners, pero sabía que aquella zona no era precisamente muy recomendable.

—¿Y para qué ha ido a la zona sur?

—Para atender a un paciente.

Él pensaba que habría ido al hospital, no a una visita domiciliaria en un sitio al que ni siquiera se atrevían a llevar pizza a partir de las nueve de la noche.

El problema era que, en su situación, no podía hacer nada.

—¿Puedes localizarla, Dora?

—No lo sé. ¿Tiene usted un escáner?

Ryan sabía que muchas personas llevaban un escáner para comprobar los movimientos de la policía y otros servicios de seguridad. Pero a él nunca le habían gustado esos aparatos. Aunque, en aquel momento, habría dado cualquier cosa por tener uno.

—Me temo que no.

—Yo tampoco, pero conozco a una persona que lo tiene. Voy a ver si puedo enterarme de algo.

Él dejó escapar un suspiro. No quería pensar lo peor, pero eran las diez y media…

—Llámame cuando sepas algo, por favor —le dijo a Dora antes de colgar.

Menuda pareja hacían. Él no confiaba en nadie y ella, en todo el mundo. ¿En qué lío se habría metido?

Amy estaba de rodillas sobre el viejo suelo de linóleo. Tony Mullen, un niño de ocho años, se sujetaba a los brazos del sillón, apretando los labios para soportar el dolor. Tenía una herida en el pie de la que salían sangre y pus.

—¿Cuándo te has hecho esto?

—Hace una semana —contestó su madre.

Debido a sus duras condiciones de vida, con un marido alcohólico y violento, Shawna Mullen parecía mucho mayor de lo que era en realidad.

—¿Con qué te has cortado, Tony?

—Con una lata —contestó el niño.

—Les he dicho mil veces que no jueguen con la basura, pero no me hacen caso —suspiró su madre.

—¿Estaba oxidada?

—No lo sé.

—¿Le han puesto alguna vez la inyección del tétano, Shawna?

—Sí, hace un par de años.

—Deberías haberlo llevado al hospital.

—No tengo dinero, ya lo sabe. Además, le he limpiado la herida todos los días para que no se infectara.

Amy miró a los otros niños. Los tres necesitaban vitaminas… y un padre que los tratara debidamente. La vida era injusta, desde luego.

—Me temo que la herida está infectada, Shawna.

—Por eso la he llamado. Sabía que usted le daría unas pastillas o algo —dijo la mujer.

—Necesita algo más que pastillas. Hay que ponerle antibióticos por vía intravenosa si queremos salvarle el pie. Con su diabetes, no podemos dejar que la herida siga infectándose.

—¿De verdad tengo que llevarlo al hospital?

—Cuanto más tarde en ir, peor para el niño —contestó Amy.

—Pero no puedo llevarlo...

—Yo tengo el coche ahí delante —la interrumpió ella, terminando de colocar el vendaje. Después, se quitó los guantes y le tomó la temperatura al niño. Como suponía, era muy alta—. Si alguien me lleva la bolsa, yo llevaré a Tony al coche.

Cuando iban a salir, apareció Yancy Mullen en el salón con la camisa abierta y la barba sin afeitar.

—¿Qué pasa aquí? —gritó—. ¡No se puede dormir con tanto ruido!

Tanto Shawna como los niños lo miraron con miedo en los ojos.

—Hemos intentado no hacer ruido, Yancy. Vuelve a la cama.

—Ahora ya estoy despierto... ¿Y tú quién eres? —le preguntó a Amy.

—Amy Wyman. Soy enfermera y he venido para curar a Tony.

—¿Qué te pasa, hijo?

—Nada —contestó el niño.

—Entonces, vete de aquí. Hala, sal a jugar.

—Voy a llevarlo al hospital, señor Mullen.

Tiene una herida infectada en el pie.

—¿Una herida en el pie? A mí no me venga con tonterías. Con lo que me gasto en insulina...

—Tony es diabético, señor Mullen. Si no tomase insulina, se moriría —lo interrumpió Amy, intentando controlar su rabia.

—Pues póngale una inyección o algo así.

—Tiene que ir al hospital. Y voy a llevármelo ahora mismo.

Yancy se colocó frente a la puerta.

—De eso nada. No puede llevarse a mi hijo sin permiso.

—Su esposa viene conmigo.

—¡No irá a ninguna parte! —bramó el hombre.

—Señor Mullen, si no me llevo a Tony al hospital, el niño morirá.

—Eso es lo que usted dice.

—Si no lo cree, venga conmigo. El médico le dirá lo mismo.

—No pienso pagar a ningún médico. ¿Por qué no le has metido el pie en sal? —exclamó Yancy Mullen, dirigiéndose a su mujer—. Si lo hubieras hecho, esto no pasaría.

—Lo hice, pero no sirvió de nada —contestó Shawna.

—Tony necesita antibióticos. No querrá que pierda el pie, ¿no?

—Mis padres siempre usaban sal para las

heridas y nunca tuvimos que ir al médico.

—Pues fue un milagro —replicó Amy.

—A mí no me engaña. Solo quieren cargarnos con una buena factura.

—Mire, si no deja que me lleve a Tony llamaré a los servicios sociales —le advirtió ella entonces—. Incluso a la policía, para denunciar que no quiere curar a su hijo.

El hombre la miró con los ojos brillantes de ira. —No va a decírselo á nadie.

—Se equivoca, señor Mullen. O deja que me lleve a Tony o lo denuncio a la policía.

—No se lo cree ni usted.

—Conozco muy bien los derechos de los niños…

—¿Ah, sí? Pues yo conozco los míos —replicó él, mirando alrededor—. ¿Dónde está mi pistola?

Cuando Yancy entró en el dormitorio, Amy tomó a Tony en brazos.

—Márchese —le dijo Shawna en voz baja—. He escondido la pistola, pero la encontrará. Siempre la encuentra.

—¿Y qué pasa contigo y los otros niños?

—Márchese, por favor…

—¡De aquí no sale con mi hijo! —oyeron entonces la voz de Yancy, que la apuntaba con la pistola.

Los tres niños salieron corriendo de la casa y Amy se enfrentó con el hombre. Al ver el cañón de la pistola se quedó sin habla, pero no podía dejarse amedrentar.

—Tengo que llevármelo al hospital.

—Cúrele el pie aquí mismo.

—Ya he limpiado la herida, pero necesita antibióticos.

—Pues entonces tenemos un problema. Porque de aquí no sale.

—¿Por qué no viene con nosotros al hospital? El médico le dirá cuál es el diagnóstico.

—Todos los médicos son iguales —replicó Yancy—. Solo quieren dinero.

—Podría llamar a un amigo…

—No va a llamar a nadie —la interrumpió él.

—De acuerdo.

Amy se dejó caer en el sofá. Quizá alguno de los niños, harto de la situación, habría llamado a la policía. Pero si no era así, tendría que inventar un plan.

—Dame una cerveza, Shawna —le dijo Yancy a su mujer—. Va a ser una noche muy larga.

Ella miró su reloj. Si pudiera llamar a Ryan…

Diez minutos y cinco cervezas después, el hombre parecía completamente borracho.

—Cuando se duerma, podremos… —empezó a decirle Shawna al oído.

—¡No hables con ella! —la interrumpió su marido.

En ese momento, oyeron el sonido de una sirena de policía y Amy respiro aliviada. Pero el coche patrulla pasó de largo.

¿Qué podía hacer? Tenía que llevar al niño al hospital. Era imperativo que le pusieran antibióticos...

—¡Policía, abra la puerta! —escucharon una voz entonces—. Suelte el arma y salga con los brazos en alto.

—¡No pienso salir! —gritó Yancy, colocándose al lado de la ventana.

—Entonces, deje salir a los demás —dijo el policía.

—De eso nada. Váyase de aquí. ¿Me oye?

—Deje que salgan y hablaremos.

—¿Hablar? Yo no tengo nada que hablar —exclamó Yancy, disparando al techo.

CAPÍTULO 8

SHAWNA lanzó un grito y Amy se tiró encima de Tony cuando empezaron a caer trozos de escayola del techo.

Y, mientras lo hacía, curiosamente solo podía pensar en Ryan.

—Eso les enseñará quién soy yo —murmuró Yancy.

—Vas a conseguir que nos maten a todos —sollozó Shawna—. Solo queríamos llevar a Tony al hospital y ahora mira en qué lío nos has metido…

—¡A mí no me dice nadie cómo debo cuidar de mi familia! Y ahora cállate, tengo que pensar.

—No discutas con él —le aconsejó Amy en voz baja, mientras le daba vueltas a la cabeza para encontrar una salida a aquella terrible situación.

Yancy se mostraba muy gallito pero estaba segura de que, en el fondo, tenía miedo. Sin embargo, los minutos pasaban y él seguía negándose a obedecer las órdenes.

—Enciende la luz —le ordenó a su mujer cuando la casa quedó a oscuras.

Una hora después, Amy tenía un nudo en el estómago. La policía no hacía nada y la situación empezaba a ser realmente peligrosa.

Entonces, la puerta estalló como si hubieran colocado una bomba y un grupo de hombres vestidos de negro apareció en el salón. Yancy, medio borracho, no tuvo tiempo de tomar la pistola, que había dejado sobre la mesa.

—¡No se mueva! —ordenó un policía, apuntándolo con su pistola.

Yancy Mullen se rindió y fue inmediatamente esposado.

—Gracias a Dios… —suspiró Amy—. Tenemos que llevar a este niño al hospital.

—Hay una ambulancia en la puerta.

Los otros tres niños entraron corriendo en la casa y Shawna los abrazó, llorando. Pero Amy no tenía tiempo de llorar. Debía asegurarse de que Tony recibía atención médica inmediatamente.

—Nosotros hemos llamado a la policía, mamá —estaba diciendo uno de los niños—. No queríamos que papá os hiciera daño.

—Vamos al hospital, hijos —murmuró la mujer cuando uno de los policías tomó a Tony en brazos.

—¿Qué vas a hacer, Shawna? No puedes seguir viviendo así —dijo Amy.

—Pensaba que las cosas cambiarían, pero están cada vez peor. Tengo que encontrar una salida.

—Yo hablaré con los servicios sociales del ayuntamiento. Ellos te ayudarán, ya lo verás.

Cuando salieron a la calle, alguien gritó su nombre y Amy vio, sorprendida, que era Ryan. El pobre iba apoyado en las muletas y la miraba con un gesto de auténtica preocupación. Al verlo, su fachada de fortaleza se derrumbó.

Ryan la abrazó, acariciando su espalda y diciéndole palabras cariñosas hasta que, por fin, dejó de llorar.

—Hemos oído disparos. ¿Estás bien?

—Sí, pero tenía miedo de no volver a verte.

—Yo también —suspiró él.

—¿Cómo has llegado aquí? ¿Y quién te ha dicho…?

—Dora me llamó y estaba tan preocupado que me puse en contacto con la policía. Podía haberte matado, Amy. ¿Por qué no me dijiste que venías aquí?

—¿Quién iba a imaginarse que esto iba a pasar?

—Pero deberías haberme dicho que venías a este barrio.

—¿Para qué? Acaban de operarte y…

—¡Eso da igual!

—A mí no me grites —replicó ella.

Ryan dejó escapar un suspiro.

—Perdona. ¿Tú sabes lo que me has hecho pasar?

Antes de que pudiera decir nada, la besó en los labios. No era un beso apasionado, sino un posesivo, desesperado, como si quisiera asegurarse de que realmente estaba allí, que estaba viva. Y Amy se dio cuenta de que era entre sus brazos donde quería estar. Donde encontraba consuelo.

Unos segundos después; él se apartó.

—¿De verdad estas bien?

—De verdad.

—¿Seguro?

—Soy yo quien debería hacerte esa pregunta. Acaban de operarte y no deberías estar dando saltos por ahí —contestó Amy.

—¿Nos vamos?

—No puedo. Tengo que hablar con la policía y comprobar que Tony ingresa en el hospital...

—Llamare a Jackson para que se encargue del niño —la interrumpió Ryan.

—¿Y Shawna y los niños?

—Por lo visto, su marido va a estar una larga temporada en la cárcel así que, por el momento, pueden seguir viviendo aquí sin preocuparse.

—Pero tengo que asegurarme de que todo va bien —insistió ella.

Después de hablar con unos vecinos para que se quedasen con los niños, uno de los policías se acercó.

—Señorita Wyman, ¿le importa decirme qué ha pasado?

Ella le relató todo el incidente, insistiendo en que actuaría como testigo en caso de que hubiera un juicio.

Media hora más tarde, después de comprobar que Tony seria atendido en el hospital por el doctor Jackson, el jefe de policía le dijo que podía irse a casa.

¿Puedes conducir? —le preguntó Ryan.

—Creo que sí.

—¿Cómo has llegado hasta aquí?

—En la ambulancia —contestó él—. Venga, vámonos.

—De acuerdo.

Hicieron el viaje en silencio. Ella no tenía fuerzas para seguir hablando y Ryan estaba demasiado preocupado.

—Estás pálida —le dijo cuando aparcaba el coche frente a la casa.

—Ha sido un buen susto. Pero estoy bien —intentó sonreír Amy.

—Si quieres hablar, ya sabes dónde encontrarme.

—¿Quieres que te acompañe hasta la puerta?

—No, gracias. Vete a dormir sonrió él.

Amy se metió en la cama, pero no podía dejar de recordar el cañón de la pistola, el ruido de las balas golpeando el techo y el llanto de Tony. Pobre niño... pobres niños y pobre Shawna.

No podía dormir y, aunque eran las dos de la mañana, se levantó para llamar al hospital.

—Es la segunda persona que llama preguntando por Tony Mullen. El doctor Gregory acaba de hacerlo.

—¿Ah, sí?

De modo que él tampoco podía dormir. O estaba preocupado por el niño... o quería asegurarse de que el doctor Jackson hacía bien su trabajo.

—¿Quiere hablar con su madre?

—No, gracias. Iré a verlo por la mañana.

Después de colgar, Amy se tumbó en el sofá, con los pies debajo de Mindy para buscar un poco de calor. Estaba nerviosa, inquieta.

—¿Qué te parece, debo llamar a Ryan? —le preguntó a su perrita. Mindy empezó a mover la cola—. ¿Eso es un sí?

Cuando iba a tomar el teléfono, alguien llamó a la puerta. Sorprendida, se levantó y miró por la mirilla. Era Ryan.

—He visto la luz encendida. ¿No podías dormir?

—No —admitió ella, encantada de verlo.

—Yo tampoco. Te he traído algo para olvidar el susto —sonrió él, mostrándole una botella de coñac.

—No quiero ahogar mis problemas en alcohol.

—¿Y quién ha dicho nada de ahogar? Solo voy a darte una copita.

Unos minutos después, estaban los dos en el salón con una copa de coñac en la mano.

—La verdad es que me ha sentado bien.

—Ya te lo dije —sonrió Ryan.

Pero él no estaba bien. Verla con aquella camiseta ajustada, el ombligo al aire... hacía que le doliera algo que estaba muy al norte del tobillo.

—Creo que debería irme a dormir.

—Me parece muy bien. Venga, a la cama.

—¿Te vas? —preguntó ella entonces.

—Me quedaré hasta que te duermas, ¿de acuerdo?

Amy asintió con la cabeza.

Cuando entró en el dormitorio, Ryan tuvo que tragar saliva. Cortinas de flores, un edredón de color lila, velas y popurrí en una fuente de cristal... era una habitación tremendamente femenina.

—Túmbate a mi lado, ¿vale?

Él había pensado sentarse en la cama, no tumbarse. Pero no había sillas y... no le quedaba más remedio. Aunque, en realidad, estaba encantado.

—Vale.

Al principio su cuerpo le agradeció el descanso, pero cuando Amy apagó la luz...

—Es increíble, no puedo dejar de temblar.

Sabiendo que necesitaba que alguien la consolase, Ryan la envolvió en sus brazos y ella se dejó, como si fuera lo más natural del mundo.

No dijeron una palabra. Mejor, pensó él. No podía hablar.

—¿Por qué no podías dormir? —le preguntó Amy.

—Estaba preocupado por el crío. Incluso he llamado al hospital.

—Lo sé, me lo han dicho. ¿El tratamiento que le ha puesto el doctor Jackson te parece adecuado?

—No he preguntado por el tratamiento.

—¿No?

—No —contestó Ryan.

—¿Por qué?

Él dudó un momento antes de contestar.

—No lo sé. Quizá porque después de haber pasado por lo que has pasado, tú no tienes ningún problema en dejar al niño al cuidado de otros. Creo que yo debo aprender eso de una vez.

—Entonces, ¿confías en el doctor Jackson?

—Estoy intentando hacerlo.

—¿Te duele el tobillo?

Ryan negó con la cabeza.

—Lo único que me preocupa es que ese Yancy podía haberte hecho daño.

—Vaya, doctor Gregory, me sorprende que esté tan preocupado por mí —intentó bromear Amy.

—Es difícil encontrar una buena enfermera —murmuró él.

Pero no era cierto. Lo preocupaba Amy porque era alguien de su equipo, por supuesto. Pero había algo más. Mucho más. ¿Sería aquello el amor del que hablaba su abuelo o una simple atracción física? No era el momento de contestarse a esa pregunta, se dijo. Lo haría en otro momento, cuando no estuvieran tumbados en una cama, cuando pudiera controlar la situación.

—Ya, claro.

—Por cierto, ¿cómo una chica como tú ha terminado haciendo de payaso?

—Porque Sunny es muy amiga mía. Y hacer reír a los niños en el hospital me parece precioso. Por cierto, ¿quién te enseñó el truco de la moneda?

Mi madre —contestó él—. Háblame de los Mullen.

—Uf… Menudo problema El padre es un alcohólico sin trabajo y no sé qué va a ser de ellos cuando salga de la cárcel. Además, Tony tiene diabetes y debe inyectarse insulina todos los días.

—Pero eso lo paga el seguro, ¿no?

—Los Mullen no tienen seguro.

—¿No tienen seguro? Entonces, ¿qué hacías tú allí?

Amy se mordió los labios.

—Pues… es que no tienen dinero. Voy a verlos a casa porque no pueden pagar una clínica.

Ryan tuvo que sonreír.

—Ya veo. Pero no vuelvas a ir por allí sola, ¿de acuerdo?

—Lo intentaré.

—Eso espero. Me has dado un susto de muerte.

—Yo también me he dado un buen susto —suspiró ella—. Y, por cierto, creo que el coñac está funcionando —añadió, bostezando.

—Me alegro —sonrió Ryan.

Debía marcharse, se dijo. Solo se quedaría unos minutos más. Solo unos minutos.

—Háblame de tus padres —dijo Amy entonces.

—No hay mucho que contar. Están divorciados.

—¿Se llevaban muy mal?

—Mal no, peor. No entiendo cómo pudieron casarse. Eran completamente opuestos.

Su padre le había dicho una vez que buscase a una mujer con la cabeza y no con las hormonas. «El sexo y el amor son dos cosas bien diferentes», le advirtió. Y después de haber tenido que sufrir la terrible relación de sus padres, Ryan estaba decidido a seguir su consejo.

Pero eso fue antes de conocer a Amy Wyman. En aquel momento, sintiendo el suave cuerpo femenino apretado contra el suyo, casi podría jurar que ellos podrían solucionar cualquier problema.

—Quizá pensaron que podían cambiarse el uno al otro. Suele ocurrir.

—Supongo que sí —suspiró él.

—Por cierto, vi una fotografía del cementerio de Arlington en tu despacho. ¿Por qué la tienes?

—Porque mi abuelo está enterrado allí. Solía pasar los veranos con él y lo echo mucho de menos. Era un hombre maravilloso.

Su abuelo era una figura clave en la vida de Ryan. Él le había dicho que buscase una mujer con cuyos defectos pudiera vivir y entre eso y el consejo de su padre, había decidido permanecer soltero. Demasiado complicado, pensaba.

Pero con Amy a su lado… Empezaba a replantearse seriamente el asunto.

—Me alegro de que te llevaras bien con

tu abuelo —murmuró ella, medio dormida.

Teniéndola en sus brazos, a oscuras, con la luna entrando por la ventana, Ryan solo podía pedirle al Cielo que la mañana tardase mucho en llegar.

El canto de los pájaros despertó a Amy, que se estiró perezosamente. Había dormido con Ryan.

A pesar de su aspecto adusto y serio, era un hombre muy cariñoso. Su experiencia en la vida lo había hecho muy cauto, muy desconfiado, pero su deseo de confiar en el doctor Jackson era un paso adelante.

El sonido del teléfono la sobresaltó entonces.

—¿Vienes a trabajar o no? —escuchó la voz de Tess.

—¿Qué hora es? —preguntó ella, restregándose los ojos.

—Las nueve en punto.

—Ah… me he dormido.

—¿Sabes si vendrá a trabajar el doctor Gregory?

Amy se volvió para mirarlo. Medio dormido, con el flequillo sobre la frente, parecía un crío.

—No lo sé. ¿Por qué?

—Porque hay una paciente que insiste en verlo.

—Si alguien pregunta por mí, que lo atienda el doctor Jackson —le dijo Ryan al oído, como si intuyera que hablaban de él.

—No tengo ni idea, Tess. Llegaré dentro de quince minutos.

Amy colgó inmediatamente para evitar preguntas embarazosas.

—¿Te ha preguntado por mí?

—Sí... pero no podía decirle nada. Y, por cierto, será mejor que no le cuentes a nadie dónde has dormido esta noche.

—De acuerdo. ¿Qué tal has dormido?

—Maravillosamente —sonrió ella—. ¿Y tú?

—Muy bien. No pensaba quedarme dormido, pero...

—No me importa. Está bien tener una manta eléctrica humana.

—No te he aplastado, ¿verdad?

—No —contestó Amy.

Parecía incómodo, como si no estuviera acostumbrado a despertarse en la cama de otra persona. Sin embargo, ella estaba encantada.

—Bueno, será mejor que me vaya —murmuró, buscando las muletas.

Antes de que pudiera levantarse, Amy se colocó frente a él. Y, sin pensarlo, le dio un beso en los labios.

—¿Y eso?

—Por dos razones: una, para darte las gracias.

—Gracias a ti —sonrió Ryan entonces—. ¿Cuál es la otra razón?

Amy suspiró profundamente.

—Porque quería hacerlo.

CAPÍTULO 9

YO TAMBIÉN quería hacerlo dijo Ryan. Amy sonrió. Siempre se dejaba guiar por el corazón y no solía equivocarse.

—¿Qué vas a hacer esta tarde?

—Pues... no lo sé —rió él, mirándose el tobillo—. Quizá podría correr un maratón.

—No, en serio.

—Supongo que encontraré algo que hacer... en mi casa.

—¿Te apetece ir a un concierto de jazz?

—¿Dónde?

—En el parque.

—Suena bien —sonrió él.

Estupendo. Bueno, me voy. Nos vemos a las seis y media.

—Pensaba pasarme por la clínica después de comer —dijo entonces Ryan.

—¿Por qué? El doctor Jackson atenderá a tus pacientes.

—Quiero ver si me apaño con las muletas en la clínica.

—Vale, pero ten cuidado.

—Lo tendré. Por cierto, quizá deberías tomarte el día libre.

—¿Yo? ¿Por qué? —preguntó Amy.

—¿Has oído hablar del estrés post traumático?

Ella hizo un gesto con la mano.

—De eso nada. Estoy perfectamente.

—Vale, pero...

—Si me pasa algo, te llamaré por teléfono.

Amy lo observó salir de la casa, sintiendo cierta tristeza. Pero se verían por la tarde pensó. En realidad, tenían una cita. Su primera cita.

Cuando llegó a la clínica, Tess la recibió con una sonrisa.

—Pareces muy contenta.

—Lo estoy.

—¿Y eso? Me han contado lo que pasó anoche. Qué miedo, ¿no?

—Desde luego. Pero todo se solucionó, afortunadamente.

—¿Cómo está el niño?

—En el hospital —contestó Amy—. Por cierto, voy a llamar para ver cómo está.

La enfermera le dijo que estaban tratando a Tony con antibióticos. Y que si hubieran esperado un día más, podría haber muerto. Aquella frase le produjo un escalofrío.

—Hemos aumentado la dosis de insulina

y estamos comprobando el nivel de azúcar en sangre cada media hora. Por si acaso.

—Gracias. ¿Te importa si llamo esta noche para ver cómo sigue?

—Claro que no. Además, es tu paciente.

Era cierto. Y Amy empezó a entender por qué Ryan se mostraban tan preocupado por el diagnóstico que otros hicieran de sus pacientes.

La mañana transcurrió con los típicos casos de resfriado y alergias hasta que entró Arlyss Drexal, una mujer obesa de cincuenta años.

Tenía altísimo el colesterol y, según el informe del hospital, había riesgo de una parada cardíaca.

—Tienes que hacer ejercicio moderado y cambiar de dieta, Arlyss.

—Sí, supongo que debería perder unos cuantos kilos —murmuró la mujer.

—Es fundamental para mejorar tu calidad de vida.

—Pero, ¿cómo voy a perder peso? A mí me engorda hasta el agua.

—Camina todos los días, ve al gimnasio, sube por la escalera en lugar de usar el ascensor y come con moderación. Nada de bollos por la mañana y por las noches ensalada y pollo sin grasa.

Arlyss hizo una mueca.

—Qué horror.

—Mira, aquí tengo un régimen fabuloso. Todas las vitaminas, todas las proteínas... y la menor cantidad de grasa posible. Ya verás como dentro de poco te encuentras mucho mejor —sonrió Amy.

—Régimen. Qué palabra más horrible.

—Sí, pero imagínate con quince kilos menos. Hasta te podrías poner una minifalda.

La mujer soltó una carcajada.

—¿Tú crees?

—Con este régimen, en seis meses serás una mujer nueva.

Después de examinarla para comprobar que podía hacer ejercicio sin peligro, Arlyss salió de la consulta un poco más animada.

Poco después, Amy se encontró con Ryan en el pasillo.

—Has venido.

—Sí, pero me ha costado muchísimo. ¿Tú sabes lo difícil que es ducharse con esta escayola? Voy a tener que levantarme a las cinco de la mañana...

—No te quejes tanto, anda —rió ella—. Por cierto, tienes una paciente a las tres.

—¿Qué paciente?

—No tengo ni idea. Pero ha insistido en verte a ti. No quería otro médico.

Una hora más tarde, Amy entró en su despacho para ver si le dolía el tobillo.

—¿Qué tal?

—Mejor. Sentado me apaño bien. Por cierto, la paciente desconocida quería una biopsia de colon. Por lo visto, en su familia ha habido varios casos de cáncer. ¿Quién es el mejor gastroenterólogo del hospital?

—No tengo ni idea.

—¿Te importa investigar?

—Ahora mismo, jefe.

Amy salió del despacho sonriendo. Que Ryan le hubiera pedido opinión era otro paso adelante.

Después de hacer varias llamadas, tomó su bolso y salió de la consulta, sonriendo.

—¿Dónde vas con esa cara de felicidad? —le preguntó Tess.

—Mamá, por favor... —rió Mollie—. ¿No ves que tiene una cita?

Amy se detuvo, alarmada. O la chica era muy lista o ella no sabía disimular.

—Pues sí, tengo una cita.

—¿Y quién es el afortunado?

—El doctor Gregory. Voy a llevarlo a un concierto.

Mollie hizo una mueca.

—¿Y por qué vas a perder el tiempo escuchando a un grupo de muertos?

—La música clásica es maravillosa —la regañó su madre—. ¿Sabes que los niños que escuchan música clásica son más inteligentes?

La joven siguió mascando chicle, impertérrita.

—Es música para muertos.

—No es un concierto de música clásica, sino de jazz —explicó Amy.

—¿El del parque?

—Ese mismo.

—Pues llévate un paraguas. Por lo visto, va a llover.

—Solo hay un veinte por ciento de posibilidades —la corrigió Mollie.

—Hoy estás un poquito insoportable, ¿no hija?

Amy soltó una carcajada.

—Me voy. Tengo que arreglarme.

A las seis y media había más ropa encima de su cama que en el armario. Por fin, eligió unos pantalones de color caqui y una camiseta blanca. Y justo cuando acababa de ponerse el colorete, sonó el timbre.

Era Ryan, por supuesto. Con unos pantalones de color crema y un polo azul marino.

—Hola. ¿Tenemos que llevar sillas?

—Ahí las tengo —sonrió ella, señalando dos sillas de tijera.

—Las llevaría yo, pero casi no puedo moverme con esto —dijo él, señalando las muletas.

—No pasa nada. Yo soy muy fuerte.

Cuando llegaron al parque ya se había congregado una gran cantidad de gente y, aunque hacía buen tiempo, el cielo estaba cubriéndose de nubes.

Amy echó un vistazo alrededor, buscando un sitio en el que nadie se tropezase con el tobillo de Ryan, y decidió que estarían mejor debajo de un árbol.

Mientras esperaban a que empezase el concierto, se acercaron docenas de personas, pacientes y amigos, para saludarla.

—Phillip tenía razón —dijo Ryan.

—¿Sobre qué?

—Me dijo que conocías a todo el pueblo y veo que es verdad.

—No conozco a todo el mundo.

—Pero casi. Podrías haberte dedicado a las relaciones públicas.

—Ya, pero me gusta más la medicina —sonrió ella.

Cuando por fin empezó el concierto, el cielo se había oscurecido y el viento movía las ramas de los árboles con violencia.

Un relámpago dio paso a las primeras gotas de lluvia y, pocos minutos después, estallaba una auténtica tormenta. La gente corría cubriéndose la cabeza con las manos y los músicos intentaban tapar sus instrumentos.

Amy y Ryan caminaron lo más deprisa

posible, pero cuando llegaron al coche estaban empapados.

—Se te ha mojado la escayola.

—¿Qué se le va a hacer?

—Pues sí que hemos tenido suerte con nuestro primer evento cultural.

—Habrá otros —sonrió Ryan.

Amy condujo con cuidado porque llovía con tal fuerza que el limpiaparabrisas apenas podía hacer su trabajo.

—Qué tormenta —murmuró, sorprendida—. Me he calado.

La camiseta se pegaba a su piel, transparentado el sujetador, y Ryan tuvo que apartar la mirada.

—¿Quieres tomar un café en mi casa?

—Vale. Pero tendrás que prestarme algo de ropa.

—De acuerdo. Por cierto, ¿qué tal se porta Mindy cuando hay tormenta?

—Ah, muy bien. Se mete debajo de mi cama.

Poco después entraban en la casa, calados hasta los huesos.

—Toma —dijo Ryan, ofreciéndole un albornoz—. Estás empapada.

La camiseta y el pantalón se pegaban a su cuerpo como una segunda piel y tenía el pelo pegado a la cara. Estaba preciosa.

—Gracias.

—¿Por qué no te das una ducha caliente?

—Antes quiero echarle un vistazo a tu escayola —dijo Amy—. A ver, bájate los pantalones.

—¿Qué?

—Que te bajes los pantalones.

—Pero...

—O te los bajas tú o te los bajo yo.

—Vale, pero antes cámbiate de ropa... Y no quiero discusiones.

—Vale, voy a cambiarme.

Mientras ella estaba en el cuarto de baño, Ryan se puso a toda prisa unos, pantalones cortos. Al menos, así se sentía un poco más vestido. Después, más tranquilo, se quitó el polo mojado y se puso una camiseta.

Amy apareció poco después en el dormitorio con el albornoz puesto. Le quedaba enorme.

—Vamos a echar un vistazo a esa escayola.

—¿Cuál es el veredicto?

—No está mal, pero voy a secártela con el secador.

Mientras lo hacía, Ryan tuvo que tragar saliva. Inclinada como estaba sobre la escayola, el ancho albornoz se abrió permitiéndole ver un hombre y el nacimiento de sus pechos. Cuando cambió de postura, pudo ver uno de sus muslos, suave y bronceado... Aquello era insoportable.

—¿Está muy caliente?

El tragó saliva. El calor que experimentaba no tenía nada que ver con el secador.

—No... sigue.

—Vale.

Amy siguió, mostrándole de nuevo aquel escote que era una tentación. Ryan intentó concentrarse en contar los céntimos que había en un cenicero, en la foto de su abuelo... pero no servía de nada.

—Bueno, ya está —dijo por fin—. Déjalo.

—¿Qué ocurre?

—Nada. Bueno, todo.

Amy se dio cuenta entonces de lo que había pasado y, cortada, se cerró el albornoz.

—No quería...

—Ya lo sé.

—No es que no te encuentre atractivo. Lo eres.

Aquella confesión lo dejó helado. Él sabía hablar de medicina, pero hablar de sentimientos era muy diferente. Sin embargo, tenerla tan cerca... Nervioso, le apartó el pelo mojado de la cara. Amy no dijo nada y Ryan creyó ver un brillo de anhelo en sus ojos.

El mismo que debía de haber en los suyos.

Sin decir una palabra, la atrajo hacia sí. Ella podía haber dado un paso atrás, pero lo que hizo fue apoyar la cabeza en su hombro. Excitado, desató el cinturón del albornoz y empezó a acariciarla.

—¿Seguro que quieres?

—Sí —murmuró Amy.

La lluvia golpeaba los cristales con fuerza desatada y el deseo de Ryan amenazaba con explotar del mismo modo.

Nervioso, se apoyó en la pierna mala y cayó sobre la cama, ahogando una maldición.

—¿Te has hecho daño?

—No estoy seguro.

—Déjame ver. No te muevas —dijo ella.

—No pienso hacerlo.

Amy se abrochó el albornoz y le pasó la mano por la pierna.

—¿Qué te duele?

—Además de lo que puedes imaginar... la rodilla.

—¿Puedes moverla?

—Creo que sí.

—Voy a ponerte una bolsa de hielo.

—No, déjalo. Ya casi no me duele. ¿Seguimos con lo que estábamos haciendo?

—Quizá deberíamos esperar —dijo Amy entonces.

Aunque sabía que estaba enamorándose de él. no conocía los sentimientos de Ryan. Y hacer el amor sabiendo que no confiaba en ella del todo sería un error.

Había visto el deseo en sus ojos, pero no quería ser simplemente un revolcón. Ryan Gregory podía hablar de cualquier tema, pero cuando se refería a sus sentimientos se quedaba mudo.

Además, tenían mucho tiempo para conocerse... y para averiguar qué sentían el uno por el otro. No había prisa.

—¿Estás segura?

—Sí. Además, no me apetece tener que explicar en Urgencias cómo te has torcido la rodilla. ¿Te imaginas los cotilleos?

—Me dan igual los cotilleos —sonrió él.

—A mí no. Además, solo tienes que llevar la escayola durante cinco semanas. Podemos esperar, ¿no?

—Aguafiestas.

—No es eso. Es que quiero que estés en forma para... la próxima vez.

—Cuenta con ello —sonrió Ryan.

—Lo haré —dijo Amy, inclinando la cabeza a un lado—. ¿Oyes eso?

—¿Qué?

—Ha dejado de llover.

—¿Te vas a casa? —preguntó él, desilusionado.

—Debería hacerlo.

—No tienes por qué. Quédate a dormir.

El corazón le decía que sí, pero la cabeza le decía que no.

—¿Contigo?

—Sí. Anoche dormimos juntos y no pasó nada.

Amy lo miró, incrédula.

—Después de lo que ha pasado, ¿de verdad crees que podríamos dormir juntos?

—No, supongo que no —suspiró Ryan.

Incapaz de resistirse, Amy se inclinó y le dio un beso en la frente. Besarlo en los labios sería demasiado peligroso.

—Me voy.

—Nos vemos mañana, ¿no?

—Por supuesto.

CAPÍTULO 10

EL LUNES por la tarde, Ryan salió de su consulta y vio que la sala de espera seguía llena de gente.

—¿Cuántos pacientes me quedan?

—Mil —contestó Dora—. Nos quedan por lo menos cuatro horas de trabajo.

—¿Cuatro horas? Pero si son las cinco…

Entre los pacientes nuevos, las conversaciones con el endocrino sobre Jeanette Obermeyer y el problema de su tobillo, aquel día no parecía terminar nunca.

—Podrías enviarle algunos pacientes a Amy.

Aunque la auxiliar lo había dicho como si no tuviera importancia, Ryan estaba seguro de que había algo detrás de esa sugerencia.

—Me lo pensaré.

—No te lo pienses mucho. Tardes de verano tan bonitas como esta no hay demasiadas.

—He dicho que me lo pensaré.

Dora murmuró algo así como «qué cabezota» antes de alejarse por el pasillo. Quizá tenía razón. Podía derivar algunos de sus pacientes con problemas menos serios. Estaba seguro de que Amy haría un buen diagnóstico.

—¡Dora! —la llamó.

—¿Sí?

—¿Dónde está Amy?

—Por ahí. No sé.

—Encuéntrala. Os quiero a las dos en mi despacho ahora mismo.

—Sí, jefe —sonrió la auxiliar.

Cuando Ryan había conseguido, con gran esfuerzo, dejarse caer en el sillón, Amy y Dora entraban en su despacho.

—Quería deciros que la biopsia de Jeanette Obermeyer ha ido muy bien. Y el endocrino me ha pedido que te felicite por haber notado el nódulo enseguida.

Amy sonrió.

—¿Para eso nos has llamado?

Ryan dudó un momento.

—Necesito ayuda —dijo por fin.

—¿Ah, sí?

—No pongas esa cara. Ya sabes que no puedo trabajar al mismo ritmo que antes.

—Sí, pero no sabía que ibas a admitirlo.

—Pues lo he hecho —gruñó él—. Quiero que atiendas a algunos de mis pacientes o no saldremos de aquí en toda la noche.

—Qué buena idea —sonrió Dora—. ¿Por qué no se me habrá ocurrido a mí?

Ryan se cruzó de brazos.

—Si no os vais ahora mismo, podría cambiar de opinión.

Con una tremenda falta de respeto, Amy se sentó en su escritorio, moviendo tentadoramente una pierna.

—¿Y por qué has cambiado de opinión?

—Estoy cansado y esa gente lleva horas esperando.

—Entonces, ¿confías en mí?

—Te estoy pidiendo que me ayudes, ¿no?

—No te defraudaré sonrió ella.

—Ya lo sé. Y ahora, a trabajar. Vamos, no hay tiempo para estar de charla.

—A mandar, jefe.

Amy salió del despacho más contenta que nunca. Ryan confiaba en ella. Aquel hombre tan desconfiado había decidido bajar la guardia. No estaba mal.

—Dora, ¿te importa llevarle un café con galletas? El pobre está agotado y necesita un poco de energía.

—Ahora mismo. Si puedo salir de aquí antes de las ocho, encantada.

—Lo intentaremos.

Su primer paciente fue un niño con un eczema en los brazos.

—No sé qué le ha pasado. Lleva así dos días —le explicó su madre.

—¿Te pica, Brandon?

—Sí.

—Le he dicho que no se rasque, pero no me hace caso.

Amy se puso unos guantes de látex.

—¿Tienes alguna mascota?

—Sí, un gatito —contestó Brandon.

—¿Y está perdiendo pelo?

—Pues sí —contestó su madre—. Le hemos puesto un tratamiento porque tiene tiña.

—Pues el gato está compartiendo su problema con el niño.

—¿Que mi hijo tiene tiña?

—Me temo que sí. No es nada raro, suele ocurrir —sonrió Amy, sentando al niño en la camilla—. No voy a hacerte daño. Solo voy a rascarte la piel un poquito para guardar el tejido en este bote, ¿ves?

Brandon asintió, nervioso.

—¿Me va a hacer sangre?

—No.

—¿Y seguro que no me va a doler?

—Seguro. ¿Cómo se llama tu gato? —preguntó Amy, mientras realizaba el raspado.

—Kitty —contestó el niño.

—Vale, ya está. ¿Qué tal?

—No me ha dolido —dijo el niño, mostrando una sonrisa mellada.

—Voy a enviar esto al laboratorio y mientras tanto, voy a darle una pomada para los hongos. Póngasela todos los días, ¿de acuerdo?

—De acuerdo contestó su madre.

—Si los eczemas se infectan, tráigalo inmediatamente. Y también le recomiendo que esterilice toallas y sábanas para que no se extienda al resto de la familia.

—Ay, qué horror —murmuró la mujer—. Ahora mismo meto su ropa en agua hirviendo.

—Brandon, no te acerques el gatito a la cara, ¿vale?

—Vale.

—Es muy importante. Si lo haces, te saldrán esas manchas en la nariz y parecerás un payasete.

Dos horas después, Amy había terminado con todos los pacientes.

—Estoy impresionada —le dijo Dora—. Solo son las siete y yo pensé que íbamos a dormir aquí.

—Venga ya. No era para tanto —protestó Ryan.

—¿Mañana vamos a hacer lo mismo?

Amy miró a su jefe. Buena pregunta.

—¿Te importa hacerlo?

—Claro que no —contestó ella, intentando disimular su alegría.

—Entonces, mañana haremos lo mismo. Pero solo si hay muchos pacientes.

Amy hubiera querido besarlo, pero decidió que no era el momento. Tanto Dora como Tess sabían que se veían de vez en cuando, pero no quería demostrar sus sentimientos por él tan a las claras.

Aunque llegó tarde a casa, tuvo tiempo para dar un paseo con Mindy y cenar después con Ryan en el porche, mirando las estrellas.

—Gracias por confiar en mí —dijo, acariciando la cabecita de Mindy—. Sé que no te resulta nada fácil.

—Ya era hora —murmuró él.

Por su expresión, no quería hablar del asunto y ella tampoco estaba interesada en hacerlo. Obras son amores...

—¿Qué es lo primero que vas a hacer cuando te quiten la escayola?

Ryan sonrió. Se preguntaba cómo reaccionaría si le dijera lo que tenía en mente.

—No lo sé. ¿Qué sugieres?

—Ir a bailar.

—No sé bailar.

—Podrías aprender.

Cuando se imaginó a sí mismo bailando como Fred Astaire, sintió un escalofrío.

—No, gracias.

—Vale, nada de bailes. Los chicos del instituto siempre están buscando actores aficionados para sus obras y...

—No.

—Podríamos hacer una fiesta en la piscina.

—¿Más agua? No, gracias.

—Pero si hace mucho calor —protestó Amy.

—Prefiero sentarme a la sombra de un árbol.

—¿Tampoco te apetecería tumbarte en una playa de arena blanca?

—Eso no estaría mal. Desgraciadamente, no creo que pueda irme de vacaciones.

—Al doctor Hyde no le importaría que te tomases unos días.

—Ya me he tomado mucho tiempo libre con lo de la maldita escayola.

—Pero fue un accidente.

—Eso da igual. He venido aquí a trabajar, no a darme la gran vida —sonrió Ryan—. Además, quiero comprar acciones de la clínica y no es muy serio decirle que me voy a la playa.

—Vale, de acuerdo. Entonces, ¿qué vas a hacer cuando te quiten la escayola? —rió Amy—. ¿No tienes ningún plan?

—La verdad es que no.

—Pues habrá que pensar algo.

—Qué miedo me das —rió él.

—No te preocupes. Será algo divertido.

—Pero nada peligroso, ¿eh?

—A ver si lo entiendo. Quieres algo cultural, nada de actividad física, ¿no?

—Algo así.

—Divertido, pero no peligroso... Menos mal que quedan cinco semanas.

—Eres tú quien quiere celebrarlo. Yo me quedaría en casa tan contento.

—Pero eso lo hacemos todos los días. Habrá que pensar en algo diferente, ¿no? Por cierto, el doctor Jackson me ha dicho que Tony está reaccionando estupendamente al tratamiento antibiótico.

—¿Y su padre? ¿Sigue en la cárcel?

—Afortunadamente, sí. Shawna piensa pedir el divorcio.

—El divorcio siempre es muy triste, pero en su caso la verdad es que me alegro.

—¿Qué buscas tú en una esposa? —preguntó Amy entonces.

Ryan se quedó pensativo.

—Alguien que tenga los mismos intereses que yo. Alguien con quien pueda hablar, a quien le guste viajar y que sepa jugar al ajedrez.

—¿Al ajedrez? Yo no he jugado nunca.

—Podría enseñarte.

—Pero si no tienes tablero.

—Sí lo tengo. Está en el armario. ¿Quieres que te enseñe? —preguntó él, ilusionado.

—Si tú aprendes a bailar —dijo Amy entonces.

—No te rindes nunca, ¿eh?

—Nunca.

—Entonces, ¿no quieres expandir tus horizontes?

—Mis horizontes están estupendamente, gracias. Me gustan la literatura; la música clásica, el teatro… Pero también bailar y disfrutar de la vida. Tú podrías intentarlo, ¿no?

—La última vez que «disfruté de la vida», me atropellaron con una bicicleta.

Ella contuvo una risita.

—La verdad es que tuvo gracia. No que te rompieras el tobillo, claro.

—Me alegro de que te divierta.

—Reírse es mejor que llorar, Ryan.

Y esa era la diferencia entre ellos. Aunque le gustaba mucho estar con Amy, se preguntaba si algún día le rompería el corazón. Estaba seguro de que él era uno de sus «proyectos»… alguien a quien intentaba salvar de sí mismo para convertirlo en algo que no era.

El parecido con sus padres era demasiado grande como para ignorarlo. ¿Se volvería Amy amargada como su madre? ¿La aburriría su vida? ¿Sería él quien no pudiera soportar el ritmo?

—¿Te lo puedes creer? Nos hemos quedado sin guantes —estaba diciendo Pam, indignada—. ¿Puedes prestarme una caja?

Amy señaló la nueva enfermería.

—En el armario grande.

—Gracias —dijo Pam, mirándola fijamente—. Estás muy contenta. Como diría mi abuela, aquí pasa algo.

—La vida es maravillosa —sonrió Amy.

Era como si sus sueños se hubieran hecho realidad. Durante toda la semana, había notado cómo Ryan delegaba más y más en ella profesionalmente… y sabía que estaba enamorándose. Aunque ni él mismo se diera cuenta.

—¿El doctor Gregory se ha dado cuenta por fin de que eres una joya?

—Creo que sí.

Pam le dio una palmadita en la espalda.

—Buen trabajo, chica. ¿Lo ves? Con un poquito de paciencia se consigue todo. Hay veces que uno no puede enfrentarse directamente con algo; es mejor dar tiempo al tiempo.

—No sé si ha sido mi paciencia o el tobillo roto, pero las cosas van divinamente.

Su amiga le guiñó un ojo.

—He oído por ahí que estás todo el día con el doctor Gregory.

Amy sonrió.

—Eso parece.

—Me alegro mucho por ti, cariño. Y aunque me encantaría quedarme para charlar un rato, estoy hasta arriba de trabajo. El doctor Brooks está muy gruñón. Casi le da una apoplejía cuando descubrió que no teníamos guantes.

Unos minutos después de que Pam se marchase, Mollie entró en su consulta con los ojos enrojecidos.

—¿Qué te pasa?

—Nada —suspiró la chica.

—¿Cómo que nada? A ver, cuéntamelo —sonrió Amy.

—Ya sabes que rompí con mi novio la semana pasada, ¿no?

—Eso me han dicho.

—Pues... yo pensaba que íbamos a volver, pero ahora resulta que está saliendo con otra —sollozó la desconsolada Mollie.

—Vaya, lo siento.

—Y lo peor es que es una empollona, de esas que se pasan el día estudiando y no salen nunca. ¡Me quiero morir!

—¿Has hablado con tu madre?

—Ella no me entiende.

—¿Por qué lo sabes? ¿Se lo has contado?

—No.

—A todas nos ha pasado lo mismo alguna vez. Deberías hablar con ella.

Mollie se secó la nariz con un pañuelo.

—¿Te importa si me tomo la tarde libre?

—Pregúntaselo a Tess. En realidad, ella es tu jefa.

—Me ha dicho que dependía de ti.

Sabiendo que Mollie no les serviría de nada en ese estado, Amy asintió.

—Vete al cine, anda. O llama a alguna amiga.

Poco después, se encontraba con Tess en el pasillo.

—¿Has visto como está tu hija?

—¿Que si lo he visto? Menudo fin de semana me espera —suspiró la recepcionista.

—¿Qué pasa con Mollie? —pregunto Ryan, que salía en ese momento de su despacho—. Casi me tira al suelo, pero creo que no me ha visto.

—Problemas con el novio —contestó Amy.

—Ah, ¿eso?

—¿No te parece suficiente?

—Pues... pensé que era algo serio —contestó él, a la defensiva.

—Para ella es muy serio.

—Si tú lo dices... ¿Has visto el informe de Melissa Horner?

—Acaba de llegar del laboratorio.

—Vale, gracias —sonrió Ryan, volviendo a su despacho.

—¿Qué vas a hacer esta noche? —le preguntó Tess entonces.

—La colada —contestó ella.

—¿No vas a salir con el doctor Gregory?

—Pues... no. Está de guardia.

—¿Y mañana?

—Nos vamos a Wichita para ver a mi hermana. Ha comprado entradas para el teatro.

—Qué suerte. ¿Qué función vais a ver?

—No tengo ni idea.

—Da igual, disfruta mientras yo estoy en casa con una llorosa adolescente —suspiro Tess.

—Lo haré.

El viaje a Wichita tenía varios propósitos: uno, visitar a su hermana; el otro, alejarse de Maple Corners... y el más importante: pasar tiempo con Ryan para demostrarle que se llevaban de maravilla hicieran lo que hicieran, a pesar de ser muy diferentes. El hecho de que no fueran idénticos era más interesante.

La cuestión era que él debía darse cuenta. Y, mientras tanto, estaba acabando con su paciencia.

Ryan terminó de leer el periódico y lo dobló con cuidado. No le gustaba admitirlo, pero se aburría estando solo. Desesperado, abrió la verja y llamó a Mindy.

Estaba esperando a Amy que, por lo visto, tenía que limpiar su casa antes de ir a cenar. ¿Cuánto se tarda en limpiar una casa en la que solo vive una persona?, se preguntó, irritado.

En ese momento sonó su móvil. Era la doctora Jenkins, del hospital.

—Tenemos en Urgencias a alguien que conoces, Ryan.

—¿Quién es?

—Mollie Mitchell.

—¿Mollie? ¿Qué le ha pasado?

—Sobredosis de barbitúricos.

—Voy para allá ahora mismo.

Ryan marcó el teléfono de Amy, pero estaba comunicando. La llamaría desde el hospital para darle la noticia… y para echarle la bronca por no haber contratado el servicio de llamada en espera.

—Mollie llegó muy confusa —le explicó la doctora Jenkins—. Su amiga la trajo porque, según ella, estaba alucinando. Tiene taquicardia y letargo inducido por drogas.

—¿Estás segura?

—Drogas o barbitúricos. No hemos encontrado nada en sus bolsillos, así que he pedido un análisis de orina. Pero, por ahora, no tengo ni idea de qué es lo que ha consumido.

—Voy a ver si me entero de algo —murmuró Ryan, levantándose.

Tess se acercó, nerviosa, en cuanto lo vio salir por el pasillo.

—¿Qué tiene, doctor Gregory? Y no me diga que ha tomado drogas porque no me lo creo.

—Por lo visto, es una sobredosis. Pero para poder tratarla apropiadamente hay que saber qué ha tomado.

Los ojos de Tess se llenaron de lágrimas.

—No tengo ni idea.

—Mollie no toma drogas —la defendió su amiga—. Nunca lo ha hecho.

—Ha tomado algo, no sé si por error o a propósito —insistió Ryan—. ¿Dónde fuisteis? ¿Alguien podría haber echado algo en su copa?

—Solo fuimos a comer una hamburguesa.

—No tenía nada en los bolsillos. ¿Sabes si llevaba un bolso?

—Sí, está en mi coche —contestó la chica.

—Ve por él, por favor.

Unos minutos después, la amiga de Mollie volvía con un bolsito gris.

—¿Esto no es una intromisión en su vida privada?

—Queremos salvarle la vida, no leer su diario —murmuró Ryan, sacando un frasco de pastillas. Era un antidepresivo.

—Mollie no toma antidepresivos —murmuró Tess, sorprendida.

—Pues en este frasco pone su nombre... —empezó a decir él.

Y cuando vio quién firmaba la etiqueta se quedó inmóvil: Amy Wyman. ¿Desde cuándo firmaba Amy recetas sin contar con él?

—No puede ser —dijo Tess—. Ella nunca

haría algo así sin consultarme.

—Pues parece que lo ha hecho —murmuró Ryan, antes de entrar de nuevo en la consulta de la doctora Jenkins—. Este es el problema.

—¿Un antidepresivo? —murmuró ella, sorprendida—. Lavado de estómago inmediato —ordenó, volviéndose hacia su equipo—. Ahora mismo, no podemos perder tiempo.

Ryan llamó a Amy, pero solo pudo dejar un mensaje en el contestador.

Media hora después, ella entraba en el hospital como una tromba.

—¿Que Mollie ha sufrido una sobredosis de antidepresivos? ¿Cómo ha podido ocurrir eso?

Ryan la llevó a una consulta para hablar en privado.

—Dímelo tú.

—¿Y por qué voy a decírtelo yo? —preguntó ella, sin entender.

—La etiqueta del frasco estaba firmada por ti.

—Yo no le he recetado nada.

—Niégalo todo lo que quieras, pero tu nombre está aquí —dijo él, mostrándole el frasco de pastillas.

—Yo nunca le he recetado nada —murmuró Amy, incrédula.

—Entonces, ¿cómo explicas esto?

—No tengo ni idea.

—Mollie estaba triste y tú...

—Yo nada —lo interrumpió ella—. Yo no le he dado medicina alguna.

—Según la fecha, la tiene desde hace algún tiempo. ¿Cómo se te ocurrió recetarle algo tan fuerte a una cría?

Amy lo miró a los ojos, sin amedrentarse.

—Te he dicho que no le he recetado nada. ¿Por qué no me crees?

—La evidencia habla por sí misma contestó Ryan.

—Pues te equivocas. No sabes cómo te equivocas —dijo ella entonces, saliendo de la consulta.

CAPÍTULO 11

AMY ENTRÓ en la habitación y encontró a Tess al lado de su hija, llorando.

—Yo no le he recetado nada.

—Ya lo sé, no te preocupes. Lo que no entiendo es cómo está tu nombre en el papel.

Amy tenía una paciente que tomaba antidepresivos y recordaba haber hablado del asunto con Mollie. Quizá la cría...

—No lo sé.

—¿Al doctor Gregory no se le ha ocurrido qué puede haber pasado?

—Está convencido de que yo firmé la receta —suspiró ella.

—Pero le habrás dicho...

—No me cree.

—¿Cómo que no te cree? Pero si estáis saliendo juntos...

Amy se encogió de hombros.

—¿Sabes una cosa? Creo que estaba esperando que cometiera un error. Incluso deseaba que fuera así.

—No lo entiendo.

—Es un poco complicado —sonrió ella,

intentando disimular la decepción que sentía.

—No me gusta decir esto, pero la verdad es que Mollie tiene acceso a todas las medicinas. Como estaba tan deprimida, es posible que haya tomado unas pastillas sin saber el daño que podían hacerle. ¿Tú crees...?

—Será mejor hablar con ella.

En ese momento, Mollie abrió los ojos.

—¿Mamá?

—Estoy aquí, cariño.

—Me duele la cabeza.

—Ya lo sé. No te preocupes, vas a ponerte bien.

—Ha sido un accidente, te lo juro.

—Déjalo, cielo. Ya hablaremos más tarde —intentó sonreír su madre.

Aliviada al ver que la cría se había recuperado, Amy dejó escapar un suspiro.

—Me voy a casa. Si necesitas algo, llámame.

—Gracias por venir dijo Tess.

Amy salió de la habitación y se encontró con Ryan en el pasillo. Pero no le dijo nada; simplemente lo fulminó con la mirada. No sabía qué le dolía más, que no confiara en ella o que la dejase ir.

Ella había puesto toda su alma en aquella relación pero, por lo visto, para Ryan solo era una broma, una forma de pasar el tiempo. Nunca había querido llegar a más.

Cuando llegó a su casa llamó a Mindy,

que siempre la esperaba con la naricilla apoyada en el cristal de la puerta. Pero no estaba allí.

Estaba tumbada en el jardín de Ryan.

—Traidora —murmuró. ¡Mindy, ven aquí!

Pero la perrita parecía muy contenta revolcándose en la hierba del enemigo. Irritada, la llamó con el tono que solía usar cuando había cometido una ofensa grave y la pobre Mindy se acercó con el rabo entre las piernas.

Amy guardó algo de ropa en una bolsa de viaje. Se iría a Wichita de todas formas. No quería verlo y hablar con su hermana le sentaría bien. Con los ojos llenos de lágrimas, se pasó el cepillo por el pelo. Pero no iba a llorar. No lloraría por un hombre que no confiaba en ella.

Sin embargo, a pesar de sus buenas intenciones, las lágrimas empezaron a rodar por su rostro.

Ya nada sería igual. Trabajar en la clínica sería una tortura.

¿Por qué no la había creído? Tess, que la conocía tan bien como él, supo inmediatamente que ella no era responsable de nada.

Pero Tess era una persona que confiaba en los demás, al contrario que el doctor Gregory.

En ese momento tomó una decisión: hablaría con el doctor Hyde para pedir el traslado. Él tenía otra clínica en Arkansas y quizá podría trabajar allí. Lo que no podía hacer era ver a Ryan todos los días.

Era el momento de convertirlo en pasado, de olvidarse de él por completo. Le había fallado, no era lo que Amy esperaba.

Estaba acostumbrada a soportar los golpes de la vida y sabía por experiencia que siempre salía adelante. También lo haría después de aquella desilusión. Con el corazón roto, pero lo haría.

Ala mañana siguiente, Ryan fue a visitar a Mollie al hospital.

—Quiero que me digas quién te dio las pastillas.

La joven estaba prácticamente recuperada, pero él no había podido dormir en toda la noche. Quería creer a Amy, pero ¿cómo podía hacerlo? Su nombre estaba en el frasco; esa era la prueba. Sin embargo, cuando la vio salir del hospital, dolida y furiosa, se preguntó si no estaría cometiendo una grave equivocación. Quizá la más grave de su vida. Por esto tenía que saber, tenía que hablar con Mollie.

—¿Tengo que decírselo? —preguntó la joven.

—Claro que sí. ¿Sabes que eran antidepresivos?

—Sí.

—¿Cuántas tomaste?

—Creo que todo el frasco —murmuró Mollie, sin mirarlo—. Yo nunca había tomado pastillas, pero Amy me contó que los antidepresivos eran para gente que lo está pasando muy mal y como yo estaba tan triste por lo de mi novio...

—¿Te las dio Amy?

—No.

—¿Entonces?

—Las saqué de un cajón y le puse la etiqueta yo misma para enseñársela a mi novio. Quería que viera que estaba muy mal... —solozó Mollie, avergonzada.

Ryan intentó consolarla, pero mientras lo hacía se daba cuenta de que era un hombre condenado. Amy nunca lo perdonaría.

—Lo que has hecho es, además de muy peligroso, ilegal. No vuelvas a hacerlo nunca, ¿de acuerdo?

—No volveré a hacerlo, se lo prometo.

—La confianza es algo muy frágil —suspiró él—. Una vez que se pierde, es difícil recuperarla.

Ryan salió del hospital, pensativo. Debería haber creído a Amy, debería haberla escuchado. Sin embargo, actuó como un juez. ¿No sabía que podía confiar en ella? ¿No sabía que Amy nunca lo defraudaría?

Había cometido una injusticia y lo que era mucho peor, había perdido su confianza para siempre.

Angustiado, condujo hasta su casa aunque estaba seguro de que ella no querría verlo. Pero tenía que pedirle disculpas. Al menos, tenía que hacer eso. Y suplicarle que le diera otra oportunidad.

No podía vivir sin ella...

Aquel pensamiento lo sorprendió. Pero era cierto. No podía imaginarse la vida sin Amy Wyman. Estaba enamorado. Locamente enamorado de ella.

Cuando llegó a casa, vio que su coche no estaba. Seguramente, se habría marchado a Wichita, de modo que tendría que esperar hasta el lunes.

Y le parecía una eternidad.

Todo era culpa suya. La desconfianza le había hecho perder a la mujer de su vida. Y tenía que arreglarlo, tenía que encontrar la manera de que Amy lo perdonase. Ella siempre le decía que debía juzgar a la gente por sus méritos, que debía abrir su corazón.

Y lo había abierto. Solo para Amy.

El lunes por la mañana, Amy fue al despacho del doctor Hyde.

—Quiero pedir el traslado.

El hombre la miró, pensativo.

—¿Por qué? ¿No estas a gusto en la clínica?

—El doctor Gregory y yo tenemos personalidades opuestas. No podemos seguir trabajando juntos.

—Quizá deberías esperar un poco más...

—Ya he esperado suficiente —lo interrumpió Amy—. No puedo seguir trabajando con él.

—Qué curioso. Hablé con Ryan ayer y él parecía estar encantado contigo.

Eso la pilló por sorpresa, pero enseguida reaccionó.

—Lo siento, pero no quiero seguir trabajando aquí.

El doctor Hyde se apoyó en el respaldo del sillón.

—Supongo que esto tiene algo que ver con los eventos del fin de semana.

De modo que lo sabía. Mejor, pensó Amy. Así sería más fácil.

—El doctor Gregory no confía en mí.

—¿Estás segura?

—Completamente.

—Verás, Amy... Sé que Ryan puede ser un poco difícil, pero es una persona muy honrada. Me ha dicho que la culpa de lo que pasó es enteramente suya —dijo entonces el doctor Hyde.

—No es culpa suya, en realidad. Mollie tomó las pastillas sin consultar con nadie.

—Pero Ryan Gregory tiene un gran sentido de la responsabilidad. Exagerado, incluso. Por eso a veces puede parecer... demasiado severo. ¿Puedo pedirte un favor?

Amy lo miró, sorprendida.

—¿Qué favor?

—Habla con él por última vez antes de pedir el traslado. Solo te pido eso.

—No servirá de nada.

—Hazlo por mí. ¿De acuerdo?

—De acuerdo —suspiró ella.

Unos minutos después, estaba en su consulta. No quería hablar con Ryan. Ni siquiera quería volver a verlo porque se le partiría el corazón.

Y cuando oyó el ruido de sus muletas en el pasillo tuvo que hacer un esfuerzo para aparentar tranquilidad.

—Buenos días, Amy. ¿Lo has pasado bien el fin de semana?

—Estupendamente.

—¿Has visto a Mollie?

—No, pero hablé con Tess anoche —contestó ella, sin mirarlo.

—Entonces, ya sabes lo que ha pasado.

—Lo sé.

—Quiero hablar contigo. Necesito hablar contigo —dijo Ryan entonces.

—Muy bien. Podemos salir al patio si te parece.

—Lo que tú digas.

El personal de la clínica solía comer en el patio cuando hacía buen tiempo, pero a aquella hora de la mañana estaba vacío. Y Amy decidió ir directamente al grano:

—He pedido el traslado.

—Pero yo no quiero que te vayas —dijo Ryan.

—¿Por qué no? Evidentemente, no confías en mí.

—Te quiero, Amy.

Ella había esperado oír esas palabras durante mucho tiempo, pero era demasiado tarde. Angustiada, negó con la cabeza, intentando controlar las lágrimas que amenazaban con asomar a sus ojos.

—No me quieres. No puedes quererme si no confías en mí.

—Tienes razón. He sido un imbécil. Sabía que tú no podías haberme defraudado, pero no quise escucharte. No quise creer en ti y lo he estropeádo todo.

Parecía sinceramente arrepentido, pero Amy no pensaba perdonarlo tan fácilmente.

—Dime algo que yo no sepa.

—Te quiero —murmuró Ryan.

Aquellas dos palabras le llegaban directamente al corazón y tuvo que hacer un esfuerzo para permanecer fría.

—Una vez me dijiste que la confianza hay

que ganársela. Pues me temo que ahora te toca a ti.

—Lo sé. Y quiero probarte que la merezco, Amy. Siempre he tenido miedo de que me hicieran daño, de sentirme decepcionado... pero la mayor de las decepciones sería perderte. Confío en ti con toda mi alma; confío en ti desde el primer día, pero no me atrevía a creerlo.

—¿Lo estás diciendo de verdad?

—De verdad. Si puedes seguir creyendo en la gente después de lo que pasó con los Mullen, yo quiero aprender de ti, Amy. Por favor, ten paciencia conmigo.

No sé si podré. Somos tan diferentes...

—Podemos hacerlo. Sé que podemos —la interrumpió él. Amy estaba abrumada. No sabía qué decir—. Por favor, perdóname por ser un idiota.

—¿Y qué pasará la próxima vez? ¿Confiarás en mí o tendré que volver a soportar la escena del hospital?

—Sinceramente, espero que no. Estoy seguro de que nunca volverá a ocurrir.

Los ojos de Amy se llenaron de lágrimas.

—Ryan...

Él la estrechó en sus brazos, emocionado.

—¿Vas a darme otra oportunidad?

—Sí. Así que no lo estropees —intentó sonreír Amy.

—No lo haré —sonrió Ryan, secando sus lágrimas con un dedo—. Y, en caso de que estés interesada, he decidido lo que voy a hacer cuando me quiten la escayola.

—¿Qué?

—Bailar el día de nuestra boda.